经历了这么多，我终于认识了自己，也认识了自己想要什么样的女人来和我共度余生。

——《从前女友身上学到的事》

无论时光回流几次，梅梅想到那件事，依然有无法接受的感觉。

——《离婚后的N Steps》

人类一思考，上帝就发笑，乔哥也因为这句话被无数人讥讽。很有那么几回，同学谈论他，戏称他为“思考人生的男子”，语气不无揶揄。

——《哲学家乔哥》

然而，科学家博子不知抽了什么疯，踏上伟大事业的征程还没多久，就撤回来说要创业。

——《草根创业侠》

虽然带着它出行十分艰难，但知道它开心我也很开心。我想我这辈子最大的愿望之一，就是要和最爱的狗子永远在一起，山川原野，绝不分离！

——《带一百只汪去旅行》

好看的工资单、 不乏味的生活都是吸引她的地方，但潘小姐最爱的，还是把不着边际的男女凑在一起，让他们有钻石恒久远的可能。

——《爱情猎头》

不看着电视剧不犯困，上床必须穿袜子睡，入睡之前必须尿三次……他们一睡觉就出各种幺蛾子，不达目的誓不罢休，不然到天亮都睡不着。比起来，我外婆的靠墙睡简直不算癖！

——《怪癖搜奇簿》

私教为练他的柔韧度，有时让他跟着肚皮舞教练扭扭。这一扭，不得了。Jackie 对肚皮舞一见钟情，沦为该舞的死忠。

——《生活里的生活：简易B角儿攻略》

那些
伤不起的
年轻人

二白◎著

北京联合出版公司
Beijing United Publishing Co.,Ltd.

图书在版编目（CIP）数据

那些伤不起的年轻人 / 二白著. --北京：北京联合出版公司，2017.1（2024.3重印）

ISBN 978-7-5502-9375-5

Ⅰ. ①那… Ⅱ. ①二… Ⅲ. ①故事-作品集-中国-当代 Ⅳ. ①I247.81

中国版本图书馆CIP数据核字（2016）第314381号

那些伤不起的年轻人

作　　者：二　白
出 品 人：赵红仕
责任编辑：丰雪飞
特约编辑：汪　婷
特约监制：朱文平
封面设计：刘红刚
封面插画：咖啡色
内文插画：雨湿空城

北京联合出版公司出版
（北京市西城区德外大街83号楼9层　100088）
三河市天润建兴印务有限公司印刷　新华书店经销
字数 190千字　900毫米×1280毫米　1/32　8.75印张
2017年1月第1版　2024年3月第2次印刷
ISBN 978-7-5502-9375-5
定价：49.80元

目录

/

序言　每个离谱的群众演员，都有被特写的可能性

The 1st Avenue

练爱小事故

最初是为拉斯维加斯的蜜月 / 002

从前女友身上学到的事 / 013

离婚后的N Steps / 026

非自主城市穿行者 / 040

肥肉走失在201X / 050

The 2nd Avenue

只有一丝非主流

哲学家乔哥 / 062

山寨榜样二世祖 / 072

伪文艺元气少女 / 082

二哈夫妇 / 091

基佬高材生 / 101

The 3rd Avenue

不做典型“上班狗”

毕Sir失业后 / 117

草根创业侠 / 127

排毒是我的终生事业 / 138

带一百只汪去旅行 / 149

“北漂”3+1 / 161

爱情猎头 / 172

The 4th Avenue

Wuli风格研究

小店青年的温柔时光 / 186

神奇QQ群 / 201

学习型Uber / 211

怪癖搜奇簿 / 219

【The Fork I】生活里的生活：一个ID就是一个传说 / 234

【The Fork II】生活里的生活：简易B角儿攻略 / 244

后　记 / 261

序言

/

每个离谱的群众演员，都有被特写的可能性

年初拿到奖金后，组里的同事先后离职。

去跟老板摊牌的那一天，老板面子很挂不住。因为在他看来，这群人的辞职理由实在是——有够扯淡的……

三十三岁的竹竿，结完婚摆完酒，刚走上了人生的正轨。正在家长们坐等他生娃时，他却泪奔着要出国读心理学；马上就要升为主创建筑师的阿浩，拒绝了晋级和红利，准备回老家经营啤酒馆；还有，毕业后为追老婆辗转六座城市的炜哥，老来得子，因此打算金盆洗手做两年家庭主夫……

“真是一个比一个更荒唐！”老板扶额，差不多想把我们都掐死。面对员工们犀牛般勇敢的决心，他都快要老泪纵横了：“再想想，你们再想想啊……”

那天晚上，我们照例加班到深夜。凌晨一点，走出办公楼，面前洒满灯光的大道，空旷无比。这座南方的城市，似乎有北风

在呼啸。走着走着，我们停在了离公司不远处的啤酒摊扯犊子。大棚连塑料布都没有，冻得大家瑟瑟发抖。坐了很久，一瓶又一瓶地喝，喝撑了就到旁边的草地嘘嘘。我头一次发现，原来自己那么有酒量。

后来谈起实际问题，车贷、房贷，还有养老金，炜哥有一瞬间的萎靡。他说，其实老板的苦口婆心让他有些动摇。

“你都奔四了，应该踏踏实实工作，不要天马行空。生活得靠谱，才能成为家庭的支柱……”老板的原话，听起来也很对啊。

“你怎么回答的？”我们好奇地围在他身边。

“我说……你看我像靠谱的人吗？”据说老板听完崩溃了。是哦，毕竟是个换城市如换衣服的奇葩呢。

我仰头望着他，心中涌动着类似感动的情绪：

这家伙，既不好看也不聪明亦无家底，总之什么都不出众。即使在现实世界里，也不过是个纯粹的群众演员。但在这一瞬，为了他这点出其不意的不靠谱，似乎老天也给了他一个巨大的特写，So bravo。

是的。

这就是我的朋友们。尽管他们是仿佛群演或NPC一般的存在，但我却喜欢他们，依赖他们，不只是保持联系那么简单。是因为他们普普通通，却又有一点点的离谱。当然，这样一点点的离谱，并不足以改变世界，也不能拯救人类。但这样一点点的离谱，却给了无聊生活有趣的念想，不是吗？

我知道，他们和我都不是人生赢家或青年楷模。时代大戏里的我们，不是颜值担当、剧情加持；没有主角光环，不能秒杀配角；一定必定以及肯定，毫无天赋和能力去驾驭玛丽苏、杰克苏般的主线……

虽然偶尔嗔怪老天爷偏心，但这样的我们，才是芸芸众生中的大多数吧！

因为明白这样很难更改的设定，所以这本书，描绘的其实也不是“咸鱼翻身做主人”的奇观。只是想说，即便不是主角，不是偶像，也可以背负小小梦想，拥抱奇葩怪癖，坚持诡异选择……就算普通，也不必从众。唔，想跟大家分享的，就是这个。

故事的主角都是这样：不太靠谱，也不太有害；有点纠结，也有点情怀；平淡无奇，却偶有惊人之举。如此，大概除了酒驾或成为诈骗受害者，这样的他们这辈子都没有机会上新闻。但他们，却可以因某些伤不起的理由，而成为一些群演或NPC的话题呢。

偷偷告诉你，如果有天你碰巧拿起了这本书，能耐着性子翻翻它，我会觉得开心的。我不保证它会很好看，也不会替你埋单。即使最后你骂骂咧咧地吐槽“这写的都是个什么鬼”，然后把它扔掉，我也不会怪你。

但我还是想分享它们，这些小人物和这些小事故。

因为我猜，有很大的可能性，你会是我们的一员。所以……

当你在拥挤的地铁上，无奈闻着他人汗味的时候；当你加班到深夜，累得虚脱躺在床上的时候；当你饱受压力，感觉在大城市里活不下去的时候；当你失恋、失婚、孤身一人，仿佛四面楚歌再也不会幸福的时候……

读读它们吧。

我保证，你会发现，自己并不孤单。你会发现，这世界，还有比你更倒霉又更离谱的家伙。也许你鄙视他们，也许你欣赏他们，这都不重要了。重要的是，从这之后，你会知道，即使是群众演员，偶尔也会拥有人生特写的一刻。

而这个，会让我们到老，到死，都一直傲娇。

不论你是在格子间里，还是在马桶上；不论你穿着阿玛尼，还是啊尼玛；不论你刚完成了美梦，还是深处噩梦。我们都开始吧！

因为怕你读不到最后，就被无聊湮没。特别在这里附上我的感谢辞：

感谢朋友——给我素材，并且现在还被蒙在鼓里；

感谢编辑——给我信心，一再地帮我完善这本书；

感谢父母——给我生命，毕竟没有你们，这本书的作者就不存在了。

还有，感谢你，我亲爱的读者，你花在这里的每一分钟，我都希望它们不被辜负！

From：真不知道怎么写序言的，二白

2016年12月

The 1st Avenue

练爱小事故

/

微胖界的吃货女生A，为了喜欢范冰冰脸的男生B，变瘦整容；对韩剧中欧巴完全无感的男生C，为了言情小公举D，耐着性子看《太阳的后裔》；每天不喝星巴克就会狗带的月光男E，为了带着把“世界那么大”挂在嘴边可存款数为负的女生F，到处去看看，硬生生戒掉了咖啡省钱；三十年从来没摸过菜刀不知料酒为何物的娇娇女G，为了把“食色性也”当成终生信条的吃货色老公H，学会了花式早餐和法式舌吻……

ABCDEFG，HIJKLMN。如不嫌弃，我信手拈来就能说出数以万计这样的小例子。是啦，那些忽然做出决定、那些忽然转性的人还有那些忽然Duang的改变，最容易又最自然的原因是为了爱。这样深埋在心底的动力被说出来后常常变成三俗的鸡汤，但其实那就是最接地气儿的想法。一边带感一边无悔，只因这个星球上，爱是最不用质疑的本能。可决心那么大，爱却依然不容易。我们得练习，得一直练习，为了对方不断练习，却又不能失去自己。毕竟失去自己的你很容易就会把恋爱小故事，变成练爱小事故。

■ 最初是为拉斯维加斯的蜜月

■ 从前女友身上学到的事

■ 离婚后的N Steps

■ 非自主城市穿行者

■ 肥肉走失在201X

最初是为拉斯维加斯的蜜月

苏苏想，这辈子，只能让她这么提心吊胆这一次。

今年真是个跌宕起伏的年份，而最能印证这份跌宕起伏的，莫过于股票。

自去年底委婉的飘红开始，沪深指数就像跳高记录一样，不断被刷新——这种全线上涨的节奏真是让人把持不住！多年被套牢的老股民借东风解了套，比如我妈，而多年不入市的金融二货成了新股民，比如我。此种入市的心态何其简单：就算在行业里披荆斩棘熬夜卖命，年薪增长幅度却通常不会超过15%，此种情况下就算买了基金、期货、理财产品，收益率撑死了到一成也算是上天了。

“这种时候不炒股，活该一辈子都穷苦！”——刘苏苏在群上大吼，并且强推蓝筹股票601216，内蒙君正。

1

第一次听见刘苏苏的名字，噗，我也以为他是个女的。

毕竟ABB的姓名组合在女同胞中是很常见的，不仅好记、有亲和力还很容易红，比如花魁李师师、明星范冰冰、跳水女王郭晶晶……然而男同胞们却很少使用这种“叠字起名法”，原因在于大多数人说不定连他们自己都很难想象一大老爷们儿叫李白白、刘烨烨或刘翔翔什么的。特别要是上了年纪，听到自己的儿孙跟别人介绍自己：“喏，我爸爸（爷爷）叫作李白白（刘烨烨、刘翔翔）！”——这将让人多么无法面对生活啊！

尽管如此，刘苏苏却是个实打实的彪形大汉。

虽无惊悚的肌群，但185cm的身高加上满身结实的腱子肉，确实让一般级别的扒手混混地痞流氓之类根本不敢产生抢盗的想法，反而会萌生被抢盗的担忧。据说这名字的由来如下：刘苏苏的父亲姓刘，母亲姓苏，本来集父母之大成应该叫刘苏。可二位老人觉得“刘苏”很容易让人想到“流苏”，这样就太不阳刚了……

宿舍不同，我又不好LOL，所以我们本科时并没熟到可以共用一卷厕纸的程度。但由于建筑设计课被分在同一个小组，所以我对这厮还是颇有些印象的。

我们认识的头五年，我都觉得刘苏苏是个非常保守的哥们儿。最能表现他保守的是其设计的建筑造型。在大家用参数化玩出各种邪魅狷狂的曲面时，他的作品永远是正方、长方或转了四十五度的方。就算偶尔突破自己，也最多不过是圆形、椭圆形或圆形里套了个椭圆形……也许有人会问，这特么能表示什么？他们不懂，这能表示他的空间能力很弱，停留在小学水平；也能表示他太懒，根本不主动学习新锐的绘图软件；还能表示……他喜欢看《无极》。

另外，别人讲方案都会先从“概念”入手，出发点不是荣格、存在主义就是人类学或宇宙爆炸论，最少也会哔哔半小时吧……轮到苏苏呢，他总是实诚地说：“这次我用了俩正方形（也可能是圆形）组合在一起，其中一个扭了扭（也可能没扭），一个里面放了教室、教务室、实验室（或设置了其他功能），另一个里面是多功能厅……”一般十分钟不到就说完了。每个老师都会忍耐住脾气问：“那你想表达什么呢？”苏苏一脸憨厚地回答：“我没想表达什么啊。”

实诚、保守、传统。我知道一滴水并不能折射整个大海，但这就是我在本科阶段对刘苏苏的全部解读。不过现在重温这种解读，真是肤浅得醉了。我们试想一下，一个实诚、保守又传统的人，会拿五十万砸在一只股票上吗？

2

上学时是听说过刘苏苏他们宿舍人人都炒股。启蒙者躺在苏苏下铺，哥们儿修了个经济二学位，整天被经管活络的氛围浸淫着，就萌发了炒股赚零用的想法。不过彼时四人凑来凑去，统共不过两三万本金，这点钱对于稍微宽裕一点的小康之家，确实也不算个事儿。但毕业不过几年，苏苏在股市里的投入居然翻了上百倍，就过于夸张了。

身在老牌国企，在短短时间内竟能存下五十万，真是令大家到死也不能瞑目！说实话，到现在为止，我全身上下，钱包、银行卡、支付宝、股票，所有财产加在一起，也没有苏苏炒股本金的二十分之一多——这事儿一方面说明我混得不咋样，另一方面说明苏苏的吸金能力太强。不过令人安慰的是，苏苏告诉我们，他炒股的本金里也只有不到二十分之一是自己的——这才总算让其他人心理平衡了。

但借钱去炒股……是想钱想疯了吧？

“哎哟我去！”苏苏怪叫一声，“你们太没见识了，这叫融资，融资懂吗？跟创业公司IPO什么的是一回事！”在苏苏心里，这是种基础的投资手法。“不然，你们以为这些大大小小的企业打破头想上市是为了什么？”

资深“绘图狗”纷纷表示听不懂。I什么PO啊，我们只知道很多借钱炒股最后亏得血本无归的家伙会I Lei P（挨雷劈）。那些输得目不忍视的赌徒最后卖肾的有，跳楼的也有，悲惨的故事可以写出一个世界了。

“以今年的形式，本金翻一倍，那是妥妥的。”苏苏在群里鼓动大家入市，“讲真的，我不是信口开河，俺上面有靠谱的消息！”苏苏有些自得地说，他现在的上司认识证监会的老大，俩人是穿开裆裤的交情，消息来源绝对有保证——此言一出，惊起一滩鸥鹭，群里腾起无数的反对声、嘲笑声。

总结起来，大家普遍认为所谓股市的小道消息就像周刊的八卦，纷至沓来而又真真假假，大多数人永远都没足够的悟性能参透，而股市的涨跌又像是明星的恋情，闪结闪离而又波动太大。刚买，就被套牢，反正弄到最后吃亏的九成都是散户。

“消息兄弟我没藏着，我今天又买了十手（一万股），你们不跟过两天可别眼红。”苏苏并没因大家的劝阻而退缩，依然在股海里勇敢地接盘，成为内蒙君正的死忠。后来每天收盘后，他都会通报大家，今日大盘是涨是跌，各个板块表现如何，他入手股票的收盘价格……于是班级群正式变成了财经证券群。

时至五月，苏苏的本金虽说没像他吹得那样翻了一倍，但保守估计也赚了超过百分之三十。十五万，对很多人来说，比一年的工资还多。他真牛×！

我保证，现实中确实存在着用二十万发家致富的朋友，我就认识一个。那人十八岁炒股，股龄超过十五年，现在已是资产两千万的富一代，炒股之余还搞搞创投，日子很是红火。但刘苏苏的故事并没照旧延续这个又老又玄幻的套路，否则就显得太没跌宕起伏，又否则，就太对不起六月里那场波涛汹涌的历史狂跌了……

3

年中某天午后，天降妖星。

此后，连着很多天上千只股票都同时跌停，股市一时间成了中国绿化率最高的“市”。朋友圈里疯传着各种段子：比如上午在电脑前看K线图，下午到医院查心电图；又比如老太监为什么比小太监富有，原因是割得早；再比如事实证明股市是藏私房钱最好的地方，一不注意，自已都找不到了……

冷笑话简直多如牛毛，但我觉得最贴切的，还是这条：炒股就像爱上渣男，你一次又一次相信他会变好，但他一次又一次地刷新你的底线，可你又怀上了他的孩子，要分手就得“割肉”。一犹豫不小心就把时间拖久了，孩子大得想“割肉”，医生却不让，只能待产……

有在证券行业工作的同学表示，早在大跌前，他就清仓观望，只持少量的银行股探虚实。毕竟股市是用来圈钱的，如果老涨，让散户赚得盆满钵满就太不符合事物规律了。按常理，苏苏大概应该也这样，毕竟有靠谱的内幕消息做后盾，肯定大捞一笔后就金盆洗手了。也不知，他的盈利率到底高达多少……

想到这里我才发现，苏苏，好像已经有段时间没直播“财经新闻”了。

4

“擦，妈蛋，格老子的！我被强制平仓了！”这是刘苏苏再现时说的第一句话。一连爆了三个粗口，还重复了三遍。

群里一时寂静。

不是没人，因为上一秒大家还在热烈地讨论汪峰什么时候才能上头条。眼下估计都在度娘什么叫“强制平仓”。也对，对于平日不炒股也不关心财经的人而言，这术语确实挺专业。

自学了半晌，总算弄明白了这词儿的奥义。为了解释清楚，我用苏苏举例子——

假如苏苏有五十万，他可以用这五十万作保，同金融机构再借五十万，于是凑成百万本金。这百万人民币赚钱的时候没事儿，但当它随着大盘跌破某个下限，系统会自动卖掉股票，以保证借款的安全。苏苏签的下限协议是百分之三十。一个跌停板是百分之十，连续三个跌停板就是协议的规定。换句话说，苏苏所持有的内蒙君正会在第四天开盘被强制卖掉……（业内人士，将就看呗，就那意思。）

So，这会带来什么样的后果呢？

简单说来，就是……就是……苏苏之前战役赚的钱只用了四天便化为乌有，不仅如此，好像还亏了三十万！

对话框中仿佛有寒鸦飞过，苍凉地嘎嘎叫着：三十万，三十万，尼玛全是借款啊！

“你丫不是有内幕吗？”这是很多人心中的疑惑。什么时候该买该卖，不都是信手拈来精准无比？

我们看不到苏苏在画面那头是什么表情，过了一会儿，他说：“他们早叫我撤，但我就是贪了一下下……”

“那你真是活该！”大家从震惊中转醒，天作孽尤可存，自作孽不可活啊！

“唉，我只是想着再赚两万就能带女博士去拉斯维加斯度蜜月了……”

5

再等一天就收手——这是很多股民普遍的心态。贪欲，真是人类屡攻不破的难题。

“刘苏苏炒股事件”是桩特别大的教训，我可以世世代代给周围的朋友举例，何为“贪婪是魔鬼”，又何为“人心不足蛇吞象”。但我不仅不想用语言鞭笞他，反而被他的初衷感动得要撒花。如果说这点贪，他会被枪毙，那么他为什么而贪则可以给他减刑至死缓。毕竟……是那么感人，那么温情，那么让大家相信爱情的原因。

苏苏的女友（现在刚刚升级成老婆），是英语系的博士及美剧《老友记》的脑残粉。这两个身份有因果关系——看过太多遍《老友记》，却从不厌倦。女博士非常热爱这部剧，以至于在自己的宅邸中百分百还原了剧中的Monica的家。

那么这些和拉斯维加斯有啥关系呢?

看过这部剧的人一定知道，在第五季里，Rachel和Ross去拉斯维加斯参加Chandler和Monica的婚礼，酩酊大醉后在赌城登记结婚，又诞育了小女孩Emma。后来Rachel和Ross离婚了，这始终是女博士心中的遗憾。如果能在蜜月的时候，去赌城一次，自己代替他们来圆满整个剧情，该多有趣!

知她莫过老公，所以苏苏一直都想满足她。一辈子就一次的婚礼，千万不要留下任何遗憾。其实这愿望没什么大问题，要说缺点，那就是有点贵。去拉斯维加斯蜜月，没十万肯定下不来，否则蜜月里演绎的就不是浪漫的爱情片而是艰苦的军旅片了。

听完苏苏和女博士这有血有泪、相爱相杀的故事，人们的言论大约会分成三个主要的流派：

其一，女博士红颜祸水，提什么魑魅魍魉的要求，害得老公倾家荡产。这种女人必须离，趁早离，离了之后男人就能奔向新生活。其二，刘苏苏太傻帽，难道女人要什么就给什么吗？如果她要核弹头，你是不是也要给她弄一个回来？其三，比较中立，就事论事——就算要实现目标，要去赌城欢乐，也不能借钱来炒股呀！

而我呢？我的第一反应是：苏苏那么惨了，我要不要借点钱给他救急？第二反应是：刚付了汽车的首付，我拿什么救急呢？第三反应是：对了，我还要还车贷啊！于是仅有的同情，瞬间转化成对怎么凑够下月车贷的忧愁……

6

说到此处，大概可以收尾了。

我们为刘苏苏设定的结局是这样的：因为疯狂借钱炒股，又不幸被强行平仓，最后老婆变前妻。不要说拉斯维加斯，就算人家要去火星看风景，那也是不必了。剩下的日子，就好好攒钱，慢慢把三十万的漏洞给填平吧！或者，也可以找个僻静的场所把现在的上司狠揍一顿。毕竟，没他的“虚假内幕”，苏苏哪会弄出这么大颗雄心豹子胆呢！

7

可是，但是，却是！

苏苏没那么怂，他老婆更是女中豪杰！这位女博士做了件在我们看来的惊天之举：她把他们的婚房抵押掉，贷款近百万，交给苏苏接盘。苏苏不负老婆厚望，几乎在最低点买到同一张股票。后来的事情，大家都知道了。“国家队”救市成功，沪深接连翻红。苏苏亏掉的那些钱，又慢慢地回到了账户里。这剧情实在峰回路转，让人目瞪口呆，穿越小说都没这么精彩！

收回成本还小赚了十万的苏苏告诉大家：“女博士说了，为了拉斯维加斯的蜜月，我们提前赌一把！”在我们看来大过天的打击，却从来也没让这位女博士放弃过翻盘的希望。真可谓不是一家人，不进一家门，女博士的豪气比起苏苏来，真是巾帼压死须眉。

“那，你怎么只赚了十万就出来了咧？”那时，大盘仍在小幅上涨，接着操盘未必不能翻翻儿。且十万块，对于去拉斯维加斯“豪赌”也显得太寒酸了。

但苏苏说，寒酸就寒酸，总比命都没了要强吧！

身负巨债的感觉太难挨，房子抵押的每一秒，他都如坐针毡、夜不能寐，感觉对不起女博士，又觉得前路茫茫毫无希望。只是短短的几天，头发都白了三分之一。对于经历“猴市”的股民而言，这丝毫也不夸张。所以苏苏在能脱手的第一时间就赶紧把房子要回来了。

他想，只能让她担心这一次！

因为女博士也说，这是第一次，也是最后一次。

8

自此，群里的聊天内容又从财经回归到了八卦。

我想了半天也没得出什么有助于炒股的结论。只能觉得苏苏运气不错，除了要感谢老婆，更应该感谢国家。又觉得空手套白狼什么的，实在是危险。假如没那波反弹呢？假如没房子拿去抵押呢？假如没这么勇敢又大气的老婆呢？他要怎么办？！

想完了觉得自己真挺牛×的，虽然放在股市里的钱已少了六成，但毕竟只有几千块。我就知道我不是玩金融的料，说起来这才是人生真正的智慧——千金难买人自知。

从前女友身上学到的事

常诚：“经历了这么多，我终于认识了自己，也认识了自己想要什么样的女人来和我共度余生。首先，她得是男性向；其次，愿意冒险并有自己的工作也爱家庭；另外，不嫌弃我的出身；最重要的是，能对我坦诚……”

作为某大型生活服务类节目的“死忠”，那晚我和我老大、老二、老三一如既往地蹲在电视机前。忽然，“主持人好，二位老师好，在场的二十四位女嘉宾你们好！”第四个男嘉宾转过身，对着镜头BlahBlah地一通。尽管西装革履，满身品牌，却仍掩不住那股守在火车站前意图拐卖儿童的混混味儿。

我对着空气喃喃自语：“这家伙可真像常诚。”

话音未落，与常诚神似的男嘉宾接着说：“我叫常诚，三十三岁，来自美国。”

空气里一声巨响，我光速转头对着老大、老二、老三吼：“这特么真是常诚！”老二跟我心有灵犀地朝电视机里的常诚汪了起来，老大、老三跟着犬吠，家里一时就像进了贼那么热闹。

1

常诚在电视上的突然露面，把我和我的师兄、师姐、师母、师祖都惊呆了。

有种荒诞和不可思议袭上心来：如常诚这种换女人如袜子的“魂淡”，居然也会堕落到上相亲节目？

在把妹方面，常诚是师门的传奇。他也是我所认识的用最低颜值泡到了最多姑娘的家伙。如果把他的爱情故事拍成伦理连续剧，弄不好上百集都不能收尾。

当年我失恋，其实都不算失恋，只能说是苦追暗恋对象而不得，于是常常要死要活心神恍惚。那时常诚从美国休学回来和朋友搞公司，受导师之托，在请我吃大排档的间隙开解我。我们坐在外摆区，冷风嗖嗖而过。

他对我老生常谈：“感情这东西，强求不来的。”

我含着眼泪愤怒地“靠”了一声：“你这种和女朋友马上就要结婚的人少在我面前站着说话不腰疼！”

“我被甩了。”常诚专心地为我当着剥虾少年。

“啊？”我这人有个很人之常情的毛病，就是容易把快乐建立在别人的痛苦上。比如听到同学炒股亏了几十万，被套牢的我就比较容易开心；知道谁分了手，长期单身狗的我就会感叹一个人真自在。同理，想到“女友床上过，节操心中留”的常诚也被甩了，我一下子没那么难受了。

“什么时候？”我想说的是如果这档事儿发生在一千年前，咱们就甭谈了好吗。

常诚支起一只勺子：“上个月。”

我忽然来了兴趣，心想如果此事穿插着劈腿、捉奸等点睛之笔，那就太有谈资供人凭吊了。这时常诚打断了我：“你还年轻，多谈几次恋爱没有坏处。每段恋爱都是一堂课，帮助你取得最后的证书。”

那种充满诚意的说教最令人讨厌了，我不耐烦地打断他：“那你上了几堂课了？”

我们之间笃地出现了似有乌鸦飞过的静默，最后常诚先笑了起来：“第八堂……”

我看着VCR，打赌他不敢把这八堂课原原本本地讲出来。

2

大多数初恋都是令人“没齿难忘”的，而令常诚“没齿难忘”的是个村姑小芳。小芳当然不是她的本名，可惜的是，自《纤夫的爱》走红后，我就以为全天下的村姑都叫小芳。

高中前，常诚都待在湘西的农村。他家算是那儿难得的重视教育的，爸妈基本不让他干农活，以便他能够专心读书。这样出身农村却一点不会干农活的少年是罕见的。可小时候的常诚并不理解这种恩深似海、大爱无疆，到小学毕业还在逃学打架做资深学渣。还好他后来喜欢上了隔壁班的优等生小芳，为了能给姑娘讲题获得崇拜，常诚也算是拼了老命地后来居上。对青少年而言，自己看上的妞的一句话，可能抵得上爹娘一万句。于是常诚非常争气地在初二时超英赶美，完成了给小芳上课的愿望。

“不算那种纯柏拉图式的，我们足足谈了三年呢。”三年对于现在的常诚而言，确实够长了。

常诚和小芳考上了县里的高中，那三年天高皇帝远，他们把《简单爱》演绎得淋漓尽致。不过高三时，他们之间发生了重大分歧——常诚要去北京，小芳则坚持留在省里，填志愿时两个人都恨不得互抽对方耳光。常诚的意思用今天的话翻译过来就是“世界那么大，我想去看看”。可惜小芳就是不喜欢大城市。几番搏斗，常诚才劝小芳把第二志愿改成北京的学校。可小芳实在太厉害，一举夺魁，愣是没给第二志愿露脸的机会。分手时，两个人感情还好得很，抱在一起好久。

我问，你们真的只是抱抱？

常征说，我做高中生的时候纯洁，连奶都没见过……

其实即便在不同大学，也用不着把分手当成毕业纪念册。但常诚的观点也有道理，他从小不安分爱折腾，而小芳要的是稳定和安全，这些东西也许很长时间他都不能给她。他想带她装×带她飞，可人家却宁愿做井底之蛙。

对生命看法不同的人，即使再坚持，恋爱也不会长久——这是小芳教给常诚的道理。

3

接着常诚就到了北京，他在大学的感情生活有三个特点：丰富，很丰富，极其丰富。

大学第一次恋爱，是听说小芳有了新男友，于是他也立刻和一个处于失恋阴影中的女孩勾搭上了。半学期后两个人分手，原因是他们怎么培养感觉都没感觉，而且直到分手，女孩都还喜欢着她的前男友。

永远不要因为赌气去恋爱，也永远不要以为趁虚而入就会有好结果——这是第二任女友教给常诚的道理。

常诚在大学的成绩很好，他的第三任慕名而来。

那是个北京本地姑娘，家里在二环、三环有好多套房子，贼有钱。她长得不错，又会打扮，一时很给常诚长脸。姑娘喜欢给常诚买东西，衬衫外套几大千绝不手软，出门吃饭也不支使常诚去埋单，可谓体贴之极。

常诚跟她分手是因为心里的自卑压倒了爱。那时他很穷，也因穷而不安，总是很扭曲地看待姑娘的这些馈赠，以为她看不起他。分手时，他把姑娘送给他的东西都打包还回去，表示宁死不要嗟来之食。

我说，你真幼稚。

他说，对，我真幼稚。

在恋爱时，地位一定要对等，这是第三任女友教给常诚的道理。

这种地位是一种感觉，不限于物质条件，其实这一点他早该晓得。拿下第三任前，常诚和年级里的学霸很暧昧，暧昧到了连着两个月躲在三教固定两个位置上自习的程度。在我心里，在三教上自习等同于“我们恋爱了”或“我们要恋爱了”。回想当年我本科唯一一次在三教做题，就亲眼见着前排猥琐男把手从旁边女生的左袖口伸到右袖口，大夏天的，极其香艳。

可自习了那么久，常诚却撤退了。虽然学霸对他不错，但他实在受不了她那么聪明。哦，他说的是：“我时常感到智商受到了挤压……”

比照以前的失败经历，常诚终于找了个适合过日子的。

No.4小姐一切OK：非本校，但也是重点大学；非女神，但也看得顺眼；非学霸，但也从不挂科。无任何不良嗜好，平时就爱逛逛淘宝读读情感散文；无任何不良感情记录，事实上根本没有情感记录，也不是没人追，只是没谈过恋爱。

认识No.4小姐时，常诚大三，两个人双双保研。

研一下，常诚准备出国，No.4准备结婚，这分歧和初恋有点像又不太像。她对他说，要走可以，先把婚结了。常诚让她跟自己一起去美国，说结婚还不是早晚的结果。可No.4小姐很决绝：要么结要么滚，要出什么幺蛾子？她谈恋爱就是冲着结婚去的，初恋就嫁人是她的夙愿——常诚以为这么可笑的愿望只不过是随口说说，没想到啊没想到，居然是真的。No.4小姐最后一耳光甩在常诚脸上：妈蛋，不结婚还浪费老娘那么多年青春！货比三家了半天才决定恋爱，结果选了个要潜逃的，真是遇人不淑。

给个结婚的承诺很难吗？

结婚本身是不难的。只是常诚觉得他不能把未来交给对不确定如此不能容忍的人。初恋就结婚，应该是顺其自然而非谋划的结果。嗯，他的逻辑就是这样，虽然我到现在也不明白。

反正常诚走得毅然决然，No.4小姐也不觉得可惜。他很快去了美国，开始了人生新篇章。

4

本来常诚是不打算那么快就在美国恋爱的，但现实实在是欺人太甚。

第一年，常诚住在旧式公寓里，和一香港男生分享同一道隔墙。港男素来爱泡夜店，经常凌晨两三点带人回来。大家知道的，旧式的公寓，隔音实在欠佳。半夜高亢而兴奋的吼叫不时将睡梦中的常诚惊醒，惊醒后还得继续听隔壁的男女或男男鬼嚎。这节奏，只能让他撩起袖子打开岛国小电影自行解决。而后港男搬走，新邻居是刚出国的内地女孩，所以半夜就清净了。然而这清净反而让常诚很不习惯。是时候去撩妹了，他对自己说。

欲求不满，求而不得，都时常发生。

常诚的本意是想通过隔墙给新来的邻居表演什么叫真男人，但他认识的后来几乎要成为第五任女友的女生却正是这个邻居。邻居清秀大方，和常诚也聊得来。有回说到情动处，常诚不能自已地动手动脚。刚扒开了邻居的外套，女孩儿突地高亢地尖叫，对常诚又踢又打，让他差点意外无能。后来邻居来道歉，说自己绝不能容忍在婚前发生关系，且即使结了婚，除了要造人，一个月也只能行一次周公之礼。常诚反复游说，想证明真心相悦的性，妙处非凡。可女孩完全把常诚当成流氓，很快就离开了公寓。

我表示，做人谈恋爱什么的不能只为了色欲，无性夫妻现在不也很多吗?

常诚表示，他不是圣人。鱼水欢一欢还要一月一次，她以为这事儿是满月还是大姨妈，还需要规定吗?

我很赞同，又问，那……那个你觉得一周一次行吗?

常诚无语。

要爱得水乳交融，灵魂和身体一个都不能放过。俗人的需求不就是吃得好睡得饱，上床之前来一发吗?常诚认为，最起码自己不能找位修女。虽然修女也很伟大，但人各有志，他更希望女人把身体献给他而不是上帝。

邻居搬走后，常诚学着港男，也去楼下的夜店泡妞。最后泡到位公主——当然不是皇族公主，是夜店公主。这回他们的身体百分百和谐，毕竟夜店公主的柔韧性不是一般人能比的。常诚也成功地让邻居对他的评价从“黄种小受”变成了“生猛金刚”。

对此我一直有个疑问：“难道你去美国除了给隔壁展示你的生猛就没干别的了吗？难道去名校完全就为了泡妹子吗？”一心去国外留学未果的我，根本不能认同这样的生活作风。

“你说得很对。”常诚的回答又把我掀翻，“所以我和她也没和谐多久。”

夜店公主，是正式的No.5。这姑娘闭着眼都能找到方圆五里的夜店，估计家里很有钱，完全不用为以后的生计发愁。常诚跟她在一起，别的没学到，摇骰子的技能倒是增长了不少，洋酒种类认了个遍。后来常诚做地产的总助，经常要应酬，客户们都惊异于他的“上帝之手”。这些全是No.5小姐给他的，常让他心怀感恩。但No.5小姐的重大缺憾在于常诚不能跟她严肃认真地谈前途和人生。他读地产管理，每每跟她讲国内地产的走势，No.5小姐都走神地用两只白白的臂膀缠绕他，像失去灵魂的藤蔓。

这堂课常诚的领悟是：神交很难，但连神交都不能，恋爱就会流于表面。

5

万万没想到，常诚在节目里承认了他过往的感情史，虽然用词极其含糊。

主持人眼神深邃，万般含义。

我知道他和在场的嘉宾和观众永远都不会知道让常诚感受最深的两段恋爱，分别由六号小姐和七号小姐参演。

常诚恋爱连续剧的第六季主题是“宿命”。

Miss No.6是朋友介绍的内地姑娘。文静大度，善解人意，绝对属于出得厅堂、进得卧房的女生。他们在一块儿没多久，常诚已想跟她结婚了。漂泊浪子，也总有想归巢进港的一天。难逢难遇，常诚的好友升级成了父亲，那时常诚想要安定的心情空前。卡地亚打折，他便买了戒指求婚。对方很吃惊，接着消失了……那时常诚也怪自己欲速则不达，吓到了她。

几天后，Miss No.6回来，人很憔悴。她对常诚说，婚可以结，这也是她爸妈长久以来的希望。但她必须要向他坦白，她是蕾丝边。

What？常诚盯着她，像挨了痛揍，感觉整个人生都被老天玩坏了！为什么精挑细选，最后选来结婚的对象却是蕾丝边？他还记得No.4小姐对自己说的话，难道真的是天理循环，报应不爽？

虽然，常诚的反应在Miss No.6意料中，但她还是哭了，哭到最后眼泪乱飙。她跟他恋爱前和自己的女友分了手，让自己看起来很正常，是为了让父母安心。她没想过常诚居然会那么快向她求婚……

当初常诚和我讲这段恋情时，我彻底兴奋了，感觉自己一定得什么时候把它写下来，否则就太浪费这际遇安排。常诚说：“你看，世事无常，Couple不见得比单身狗更幸福。”后来常诚劝Miss No.6别伤心，“如果你真的嫁给男的，你就害了别人。你在最后关头没害死我，我代表我全家谢谢你！”

阴差阳错，Miss No.6变成了密友。常诚是好人，他心疼她。

“这是老天的安排，渺小如人，怎么挣扎也没用的。”常诚显得很无奈，细算起来，Miss No.6是他最快想要结婚的对象了。

常诚恋爱连续剧的第七季的主题……居然是“爱国”。

No.7小姐是常诚一门选修课上的同学，也是他这么多女友里唯一的外国人。纽约人，白富美，金发褐眼，虽然分手的时候，常诚都没搞清楚她家到底是干吗的。No.7小姐很有见地，又有文化的差异在，时时能给常诚带来新鲜感。

他们交往的时候，常诚正在读博士第三年。No.7小姐说自己有方法帮常诚拿到美国籍。可常诚不愿成为美国人。No.7小姐爹毛了，大骂你留着你的中国籍有什么用，中国又穷又差，又落后又不民主，呼吸空气可以得肺癌……她噼里啪啦地吼了一篇议论文，痛快极了。在我看来，她说得并不全错。可常诚倔倔地看着她："既然你这么瞧不上中国，干吗还要找个中国男朋友？"No.7小姐心直口快："你换了国籍就不是中国人了呀！"然后，他们就分手了。

这分手的起因真是太爱国了，充满了民族的尊严。我问常诚："你是党员吗？"

常诚嗤笑着摇头。

"遗憾吗？"记得常诚说过，No.7小姐的胸围可以完爆他的所有前女友，那绝对是个巨大的优点。且，能获得美国籍，是多少留学生的梦想啊！

常诚骂爹："遗憾个鬼！老子以前经常遇到嫌弃老子是农村的，嘿，现在又来个嫌弃老子国籍的！真是醉了……"那一刻，他变成了个很小气的，很锱铢必较的男生。

爱，就是没有理由地爱全部。否则，那也不算是爱了。我想，让他放弃波霸的，是这个吧！

6

跟七小姐分手后，常诚休学回国，捡起了房地产的工作。就是这段时间，他和他历史上最后的女友No.8，在工作合作中擦出了火花。

她是设计部的副总监，聪慧和精力都非常人可比。如非这样的人，恐怕也很难入历尽千帆的常诚之眼。常诚说自己最喜欢她的分寸感：她不断地挑逗他，却从不住他家，给他足够的自由和空间。虽然彼此拴着绳，却能忽视它的存在。这么懂事，应该可以一辈子。

在电视节目中，常诚说，她是因受不了他工作繁忙而离开的。

我在电视机前笑了，原来无坚不摧如常诚，也有永不能释怀的东西。比如绿帽子。实际上常诚才是那顶绿帽子。

No.8不是处女，和常诚一样，有着一堆可以写成长篇女频小说的感情经历，但这些常诚不在乎，因他自己也带着一身骚。但后来，他发现他是No.8背着她真正的男友交往的情人——这又一次让他差点崩溃。他非常、非常、非常地受不了。我也非常、非常、非常地受不了！清淡的，激情的，狗血的，偷偷摸摸的，为什么世界上所有爱恋的类型都被他遇到了？他真是个幸福的人！

故事中最有问题的当然是——No.8。她把常诚变成第三者，可她的正牌男友却是她的老板。当然那也不是什么好东西，明明有了老婆孩子，还在公司里勾搭女员工。

我虽听得兴奋，但还没忘记劝常诚："师兄，这些你不必告诉我的……"我真害怕万一他什么时候一个激灵，悄悄把我灭口。

常诚说："我这么自揭伤疤就是想让你知道，并非所有的恋爱都能见天日。"

我很理解："当时你的身份，确实很不能见天日……"

7

天！说到常诚，我居然一口气讲了那么多。这对于只会讲那种短平快故事的我来说只能证明常诚真的太有料了。

主持人最后摸着脑袋看VCR，白光里的常诚呼出一口气：“经历了这么多，我终于认识了自己，也认识了自己想要什么样的女人来和我共度余生。首先，她得是男性向；其次，愿意冒险并有自己的工作也爱家庭；另外，不嫌弃我的出身；最重要的是，能对我坦诚。你愿意和我牵手吗？”

他这么真诚，该是已准备好了要承担的责任。可他一说完，BiuBiuBiuBiu，仅存的几盏亮灯，还是全灭了。嗯，这表示她们不愿意与他牵手。我想，除了颜值低，他的恋爱次数，终究是太多了些……

离婚后的N Steps

梅梅："我曾费尽千辛万苦地告诉自己，我很好，我在向前看了。没有你我的太阳照常升起！可其实根本就没做到……"

1

这是我讲过的最不浪漫的故事。

男主角是曾被无数人仰慕的，传奇般的存在。高不高大咱另说，但是他清瘦。人只要一清瘦，一般就会显得很冷峻，而冷峻是青春小说男主的标配属性。除了清瘦，师兄还极有才华，才华能装满一马桶。具体表现在吹拉弹唱无一不涉猎：吹牛吹得响，拉屎拉得快，弹珠玩成了江湖一绝，另外在KTV唱歌不用看词，能将歌词倒背如流……当然，这些技能只不过是冰山的一角，不能和他的魅力相比。

这位生物专业的师兄厉害得不行，校学生会外联部长当得有声有色，巧舌如簧，作为主要成员在校际辩论赛上与兄弟学校唇枪舌剑，大获全胜。成绩也是个中翘楚，GPA没出过年级前十，大二进了国家实验室。最难得的，是他还有颗文艺的小心肝和花泽类般情深似海的眼神。传说当他定定地看着谁，谁就像喝了杯清茶，在春风中做了桑拿。

这样的男人怎么会没姑娘呢？事实上，爱他的女生可以从一教排到六教，给他暗送秋波的姑娘可以从五道口排到知春里，因为得不到回应想要跳楼上吊的少妇可以挤满整个百年大讲堂——原谅我，这只是一种夸张的修辞手法。

可是师兄阅女无数，最后爱上的，是北大的师妹。有时候世界真的太小了，因为师兄和他中意的师妹都是我的高中校友。

2

师兄的师妹其实是我师姐，我叫她梅梅，是因她名字里有个梅字。

梅梅读外文系，精通英语、法语和西语，系婉约派，喜欢在图书馆读诗集，感情观很传统，高中时没谈过恋爱，大学就交了俩男友，且其中一个还是这位后来结了婚的师兄。我想说，这真是个毫无瑕疵的姑娘，如果标准没那么高的话，梅梅也可被叫作女神了。

我永远能回忆起高中时她从逸夫楼出来的样子：穿着浅色的T恤和校服的蓝长裤，抱着郭沫若的《女神》，风起，她往后挽了挽被风吹乱的长发……

那时，师兄就站在我身边。他满含笑意地望着她，也是爱极了她撩头发的样子。他花痴晚期般地回头问我：“你觉得呢？”

我点点头，可我更爱看别人撩衣服。

……

最难得的，就是情深缘也深。高中相识，大学相恋。最后也交换了戒指。

婚礼在海岛，因为师兄很有钱。听说那里的白云蓝天像高保真的照片，让人恨不得时间能停止。梅梅邀请了我，但我因加班含恨未去。她度完蜜月见到我，就表达了以上那个意思。还问我有没有想要时间能停住的那种时候。我点点头，表示当然了。我永远不会告诉她，其实每个月发薪水后还信用卡前就是我最希望停住的时刻。她带着幸福得不能自已恨不得分我一点的笑容说，希望你也能找到自己的幸福，快点结婚。我也笑了，笑容的隐藏含义是“我们还是不要开玩笑”。

我啰啰嗦嗦地说了这么多，只是想证明好的开头并不能保证什么。比如我以前成绩很好，现在薪水却很少，可见世界上的事儿并没规律可言。就是这样幸福得不要不要的姑娘，在二十八岁的时候，Two Car碰碰，One Car Die。

梅梅毕业，去了全世界都很有名的咨询公司，北大的嘛，瘦死也比猪大。这个工作有三高：薪水高，同事学历高，出差频率高。一年全球乱飞，三百六十五天大概有一半时间在出差。新婚不久的梅梅活生生地把同城夫妻弄成了异地恋爱。

表面上云淡风轻，实际欲砍人泄愤。

关于忙碌，我们曾有这样的感概。

我说：“一个人总要承担，不能什么都占齐活了。你既然拿了那么多钱，奉献点时间也很应该。”可这话一说完我的眼眶就湿润了，几乎泛出了悔恨的泪水：尽管我的时间奉献得也不比她少，为啥在物质财产上和她差那么多?

梅梅是很会安慰人的女生，她说：“你是党员，而且你们的校训本来就是‘要为祖国健康工作五十年’……”这话说完没多久，她眼中也泛出了悔恨的泪水，因为师兄终于出轨了！

我为什么要用“终于”这个副词呢？因为我觉得这情节的发生不过是时间而已。俗语有云，防火防盗防师兄。足以说明师兄的危险性。可我们总以为自己很特别，能改写概率，收获幸福。

3

无论时光回流几次，梅梅想到那件事，依然有无法接受的感觉。

要知道，她那种姑娘，虽然婉约细致，可在爱情里却单纯得一塌糊涂（说得我自己有多复杂似的）。当她信任谁，就无条件信任。她从不窥视他的通信工具，也不问他要这些东西的密码；当他说要去跟谁吃饭，她半点意见都没有，还能笑着对所有人说，谁没几个异性朋友呢……后来我也在想，得是多么迟钝，才能让师兄瞒天过海把孩子都生下来了呢?

如果不是师兄自己承认，恐怕梅梅一辈子都能被蒙在鼓里。

那晚，师兄很难得地做了一桌子菜，中间七七八八讲了些废话，反正铺垫了一大堆最后辗转谈到这件事。他说如果他不跟那女人结婚，孩子在北京就没户口，以后的教育会很成问题。且那女人的经济和精神都不像梅梅那么独立，所以……他对不起她，十分对不起。这简直太像《东京爱情故事》里完治对莉香说的话了。

那天梅梅刚从纽约飞回来，为了项目已在美国加了半个月的班，回来就得到了背叛的噩耗。但她没哭没吵也没闹，只因她根本不相信。

在门外五颜六色的世界里，师兄虽然像齐天大圣一样无所不能；但在门里素雅洁净的空间里，他却还是那个能帮她把头发吹干的人。她几乎都以为他祖传的精神病犯了，在开什么国际玩笑呢。直到师兄把女人孩子与他合影的照片拿出来，她还笑骂着："妈的，你以为找几个群众演员玩街拍，我就会相信？"（我敢打赌，这是她第一次说"妈的"。）她甚至脑洞大开地想拉着他去做全身检查，以为是他得了艾滋病、白血病之类的不治之症，不想拖累她。

"你真傻。"我说，"哪有那么多老套的连续剧情节会发生在生活里啊！"

有次跟对象一起重温《蓝色生死恋》。演到女主角因白血病躲着男主角的那集。我跟我对象说："无论在什么情况下，我也不离开你，哪怕我得了这么没救的病。"对方感动得握紧我的手，颇有种"山无棱，天地合，乃敢与君绝"的深情。我叹气接着说下去："得了那种病本来就够倒霉的了，肯定不能工作，再跟你分手，用谁的钱来给我买药啊？"对象把手缩回去，恨恨地低吼："那我得病了也不离开你！"

自己的傻气，梅梅也知道：我就是傻啊，即使是去民政局的时候还巴望着一切都是他的恶作剧呢……

和师兄离婚，在一个大冬天。

北京的树叶掉光了，天上挂着太阳，没有霾。他和她就在他们领证的那个地方去换证。时间不过寥寥几年，一个巴掌都数得完。

两个人都特平静，没发生向南和杨晓芸那种撒泼的场景，毕竟都是知识分子，要面子的。出来后，他们的法律关系就正式解除了。一阵妖风刮过，梅梅的手抖起来。师兄跑到旁边给她买了杯鸳鸯。奶茶滚烫，他递给她，说别着凉。梅梅像只孤零零的小兽，即将从温暖的巢穴里被下放到混乱又寒冷的森林，她忽然一个忍不住，伸手抱住师兄。师兄回抱住她，也很难过，满脸自责。

抱着抱着，梅梅闻到了陌生的香水味。可他跟她在一起的时候，从不用香水。她都能想象那个女人在为他整理衣物时，喷洒了这款味道的香水来防虫。她没见过真人，但照片上的模样是比她要好看的。梅梅又联想到什么，一下就恶心极了，然后用力推开师兄，把奶茶泼到他身上，头也不回地走掉了。

好家伙，这下真的彼此再也没关系了。

之后她有点歉然，问我自己是不是过分了。

我不知作何回答，怔怔地想，师兄是脑袋秀逗了，才会买鸳鸯吧？而且是滚烫的啊！

4

那年梅梅三十岁，老公出轨，她离婚了，没有孩子。而这才是开始。

离婚后师兄把房子留给了她。在那个熟悉的空间里，她像黄小仙一样被记忆弄得四面楚歌。离婚的第二天，是周三，她还照常去上班。这个自欺欺人的家伙想着，不就是离婚吗，我没事，我很好。然而，每见到同事跟她问好，她都情不自禁地想知道，他们是不是也被抛弃了，他们的私生活幸福吗？然后就有种难以忍受的想哭的冲动割裂了时空。

也许内心暗示，中午梅梅去星巴克喝咖啡，下楼时，差点滚下来。虽然及时被旁边的人扶住，结果脚却崴了。她一瘸一拐地走出门店，钻心的疼痛让她再也无法粉饰悲凉，哭得人仰马翻。可是，在首都的“上东区”，没人因她的哭泣停下来。城市并非冷漠，而是它本身也伤痕累累的，没空注意谁的小痛苦。

下午回公司她把所有能请的假都请了，正式蜷在家里。我尤为羡慕她的是，她们公司的假期加起来，比三十三天还要多。这丰盛的时间用来旅行多好，她却用在了吃泡面和看悲情电视剧上。她买很多很多零食，不眠不休，一集接着一集。神情萎靡，蓬头垢面。科技可以让人永远不出门，不知道这到底好不好。

后来她笑着说出来的时候，我有点难过：你为什么不找朋友聊天，吐槽吐槽也是好的。

她答，你没离过婚不知道，我那时恨不能躲开一切，别说朋友，连认识的都不想遇到。一偶遇就会难过，全世界都那么幸福，只有自己被抛弃了。

说实话，她这么讲让我更难过了，因为我真的没离过婚，而且压根不知道怎么才能找到一个让自己可以离婚的人。

颓废了好几十天。不敢跟任何人透露，尤其是爹娘。光是让他们以为她还好好的大概就用光了所有力气。也不是没想过要去死。站在马桶面前也思考过要不要拎桶硫酸到师兄楼下跟他的幸福生活同归于尽。但好学生就是这样，很多无法无天的念头只是一闪而过。比如小学的时候，也经常想要不要把数学老师关小黑屋里什么的，结果想完了不也乖乖地继续做他们最爱的门徒了吗？

半夜刷微博，看到师兄发的文字，描述他生活里那些小温暖。一股不服输的劲头呼啸而来：他过得这样好，凭什么要她蹉跎？

5

尽管依据上面的情节推测，少妇梅梅经过痛苦的沉淀已幡然悔悟，脱胎换骨，但我说，这不是浪漫的爱情故事，甚至也不是励志故事。

表面上，梅梅完好如初了。

她去公司，做着空中超人，忙碌如常。在办公楼附近的健身房办了八千一年的健身卡，每天健身两小时，如果不用加班，达到过四小时。在跑步机上重复着机械运动，汗水通过毛孔时，我猜，梅梅肯定觉得把所有的背叛都排出了体内。

她也开始Social。她的社交环境很好，咨询公司的职员有一半是外国人，他们很喜欢工作后聚在一起Happy hour，即使工作结束后已凌晨一两点了。以前梅梅是已婚少妇，又讨厌吵闹喧嚣的环境，所以几乎从不参加这种活动。但离婚后心态有了改变，生活天翻地覆，师兄早就Move on，她又怎么可以还待在原地？较之俱乐部里乱扫的LED灯，她更不愿待在那套太阳宫附近的充满回忆的三居房。

梅梅积极地改变自己，跟各色人种交往，从正常距离到肌肤相亲，成了真正意义上的“社交达人”。

对她短暂的奔放我很感兴趣，要知道，高中，她跟男生碰一碰都会害羞；大学，也从来一副贞洁淑女的脸孔；结了婚，身体和灵魂都忠诚得像修女。但她那时却能跟着只在酒吧见了一面的陌生人回家，尽管那也是同事的朋友。我不忍心用“荡妇”这样的字眼来形容她，否则在这个开放的年代我会显得像个奇怪的清教徒……然而，这不是她。否则她不会为这个难过。梅梅说，即使身体被充满，心脏却在漏风。她没对他一见钟情，她只是想发泄，做一个前所未有的自己而已。

那夜凌晨四点，东方无白，也许还有很多人无眠。梅梅从床上爬起来，跟她鱼水欢情的荷兰人睡得正欢。她站到窗边，试着抽烟，结果被呛得难受。玻璃外是工体北路的车水马龙，没有声音地急速飞驰。她终于承认，她要疯了。

费尽千辛万苦地告诉自己：我很好，我在向前看了。没有你，我的太阳照常升起！可其实根本就没做到，因为那不只是张结婚证，那是支撑她的钢结构啊！

6

独木难支的梅梅终于把离婚的事情告诉了一个朋友，并搬到了她那里住。她的这个朋友我不认识，但在这里我叫她“扭曲小姐”。因为就我观察，那朋友因长期被动地得不到爱情的滋养，思维有些扭曲（也许也不是没爱情的缘故）。

扭曲小姐给梅梅的的建议居然是，相亲。她说，只要有了新人，你会分分钟忘记师兄——唉，我实在想不到比这个更坏的方法了——我知道梅梅迟早会忘了师兄，可问题是，她根本还没忘记师兄，这时候上赶着找新人跟找备胎有什么区别?

如果是正常的梅梅，不仅一开始是拒绝的，而且一直会是拒绝的。但失恋中的女人和热恋中的女人一样，智商几乎都会像龙卷风经过的庄稼地——所剩无几，何况梅梅还是失婚。于是她不仅采纳了扭曲小姐的建议，还花重金选择了专业婚恋机构的套餐。之后半年，梅梅平均每两周就会接见一个符合她条件的男士，逛街吃饭看电影以培养感情，日子倒也不无聊。

到底见了多少位候选人，梅梅没细说，这毕竟不是本《识男手册》。后来等这事彻底翻篇儿了，她才提起其中之一。

那位精英，青年才俊，是这么多种子选手里最合她意的了。他是海龟，“半表人才”，谈吐和吐痰都很不凡。梅梅和他聊得投契，有好几次她都忍不住心里那种小庆幸。第三次见面（我敢确定，这已是次数最多的一个了），海龟提到结婚事宜。梅梅委婉地表示，我们好像刚认识，要不要这么着急啊。结果海龟脸上露出了讽刺的笑容，接着杀人不见血地说，咱们这年纪，也不是初恋，不用花那么多时间走形式吧，最好该干吗干吗。何况，梅梅你还离过婚，再拖说不定下家都找不到了。最后海龟只用一句话彻底击垮了梅梅。他似乎在开一个无心的玩笑：“你不着急，相亲干吗？”

“我从未感到离婚很可悲，自己很卑微。但那一刻，我居然觉得他是对的。”梅梅说出来时，我也觉得可悲——“985”“211”高等学府，甚至国外最好、最自由民主的校园都没改变一些人关于婚恋这么古老而守旧的看法。

此后，关于相亲，梅梅心上长了一团霾。不是一朝被蛇咬，只是脑中会反复地回荡着那句：“你不着急，相亲干吗？”其实她并不觉得自己这么快就要把“结婚进行曲”重奏一次。最重要的原因是，她明明根本还没忘记我们的“大反派”——师兄！

然而，知道梅梅的心思，扭曲小姐没少在边上频繁打鸡血，朗诵点鸡汤，比如“遇到人渣并不可怕，至少我们不会一直遇到人渣”“做人最重要的就是坚持，你才相了多少回亲就要放弃”，或者“生命经不起等待，青春不容片刻逗留”……我真的很想知道，她是从哪儿学到这么多温言细语的安慰句式的。直到梅梅又一次从玫瑰饭局上回来，洗澡洗了两小时最后晕在了马桶边，醒来后又闷在枕头里哭，说自己不想再那么贱，扭曲小姐终于放弃了让她坚持的想法转而陪梅梅一起哭。

我的看法是，梅梅这姑娘，真不差钱。明明交了整年的费用，用了一半就撤退，剩下的费用又不能退，该是怎样一笔巨大的损失……

7

告别了相亲的繁华，生活恢复了冷清。

梅梅吸取教训去心理咨询。

幸好她不是无知妇女，也没指望咨询师给出真枪实弹的建议。但这次咨询的主要作用，是让梅梅彻底放弃了挣扎。她曾轰轰烈烈地想要把离婚后的生活填充得红红火火，想要证明自己就算离开了他，成了失婚少妇也能把日子过成诗。可这和表演有什么区别？不过是自欺欺人罢了。如果离婚带来的伤害短时间就能摆平，那么这段婚姻可真是经不起推敲。

咨询师还告诉梅梅，被离婚的人崩溃很正常。有人继续崩溃，有人换个地方崩溃。但总有一天会好的。

也许就是这句话启发了梅梅，换个地方可能会加速愈合的过程。

于是梅梅开始准备GMAT，像大学生似的抱着红宝书早上背单词晚上做模拟题。由于英语底子不错，学校牛×，又肯花钱，申请的结果当然很好。拿到Top级MBA的Offer后，她很自嘲地说，这么大把年纪了还把自己折腾去美国，真不容易。一直苦苦羡慕着留学生活的我继续表示了羡慕，梅梅安慰我，说她不过是换个地方烧钱罢了，说完泛起乡愁，瞬间泪光蒙眬。接着我也泪光蒙眬，毕竟，她一年的学费就是一百万……

其实我知道，梅梅并不仅仅是为了换个环境。她大学时就很想留学，但彼时师兄苦苦哀求，后来她为了爱情留下来。然后爱情出走，愿望死灰复燃。到美国后，生活变得更加纯粹。每天抱着书经过红砖墙的古老建筑，心情一点点变得平静，和新认识的朋友躺在青葱的草地上，就像穿越了几个时代。

寂寞仍在后面虎视眈眈，但它也偶尔会开个小差。世界上的快乐，有时昙花一现，但也不是从来没有过。

8

梅梅MBA毕业，和朋友、同学组成的自驾团环美旅行，碰到了失散已久的高中校友叉叉，叉叉那年博士毕业。旅行结束后三天，叉叉从加州飞到波士顿找她，表白得言简意赅。

他说，高中上全校英语提高班时，他每次都坐在她身后，默默地收集她掉下来的头发。然而后来他高考失败，她榜上光荣，两个人就再没见面。时过境迁，他没想到还能在美国遇到她。老天好心又给了机会，如果他再不抓住，就一辈子泡不上她了！

我已笑尿，有人竟读博士读了八年才毕业，跟普通人是何等的不一样！而梅梅却醉死在这措辞奇怪的爱心告白中，有种“终于等到你，还好我没放弃”的感慨。在叉叉先生面前，一切都是水到渠成的美，离婚啊、前夫啊、大龄女什么的，跟泡到梅梅这个人相比，算个屁啊。况且在重逢前，他也只谈过一段短达三周的姐弟恋，以世俗眼光之苛刻，在感情上他似乎没比梅梅高多少分。这便是人们所说的，天造地设，只等相逢。

现在叉叉视梅梅如珍宝，使上了他能想到的所有“公举待遇”。

虽然只是吃红烧肉时主动吃掉肥的部分，只是记住了所有名牌的姨妈巾，也只是学会了用百元大钞折成一颗红心……但他的真情，赤条条挂在他的脸上，没有秘密。

梅梅感动的是，原来她还能遇到一个人，还能如此生活。

她在中国被离婚折磨得精神分裂，而他却在美国等她等得一再延毕，当他们遇到时，更胜金风玉露。

离婚的生活告一段落，梅梅又结婚了。

但关于离婚，我周边没多少人比梅梅更有发言权。她在博客上写了篇帖子讲述离婚后的N种生活，我只记得她说，“如果当年能有人来告诉我，几年后我就能平和自如并遇到一个对的人，那么这一千多天，我不会过得这么辛苦，不会有被全世界都抛弃了的孤苦，那么我一定会好好生活，把自己变得更好，微笑着等他一天天靠近……”

这帖子后来变成爆款网文，被万人疯转。当然，她没因此变成网红。

她是万水千山地跨过来而变得明媚的，和师兄一样幸福，抑或比他更幸福。但离了婚就是在等下一段婚姻么，也许不见得。

非自主城市穿行者

炜哥：“可我最想要的，是结婚证……”

对那些轻易就换工作的人，我既羡慕又鄙视。总偏爱用“是他们不靠谱又不能承受风吹雨打”来评价。我曾在不少文章里，几乎刻薄地痛斥了各类“换工作瘾君子”，又言之凿凿地告诉别人“卧槽”的必要性——若以此标准来审视炜哥，这个换了至少五个公司、八座城市的“老龄青年”，可谓是无敌的不靠谱。

1

在三十六岁的本命年到来之际，炜哥气定神闲地收好秘书妹妹下发的蛋糕卡，并用菊花般的灿烂笑容来回应大家对自己说的“生日快乐”。然后他坐在我旁边，安安静静地打开AutoCAD（一种屌丝的画图软件），吭哧吭哧地画着平面图，好像还有点小开心。

我用余光瞄了瞄他，又瞄了瞄坐在他另一边的小Boss。忽然想到了去年年终述职时领导对他的评价：郭嘉炜敬业爱岗、踏实负责，是位值得好好培养的同志——这赞扬本来毫无异常，可我们小Boss比炜哥小六岁，于是就成了最大的异常。有时候我会思考一个问题：为什么我身边老大年纪还在当小弟的哥们儿那么多，等我到他们这个年纪，该不会和他们一样吧？

嗯，炜哥三十六岁了，实打实的七零后。

这货是我周围长得最有乡土范儿的大叔。他的脸庞仿佛未清洗前的土豆，粗糙而暗黑。眼睛小小的，灵活，转动的时候有点邪恶。基因有问题，早年就谢顶，现在发丝成了头顶鲜见的内容。嘴唇略厚，牙齿参差不齐，表面压着一层略黄的烟油。笑起来混合着闰土的纯真和杨白劳的苦大仇深。

年纪不小了，心脏却是Forever 21。

据我观察，炜哥最常穿的品牌有佐丹奴、优衣库还有美特斯邦威。关于款式，大爱鲜艳的轻羽绒、小碎花的休闲衬衫或者有破洞的浅蓝牛仔裤。另外，他喜欢用棒球帽遮住大半张脸，鼻梁上架着一副木九十的竹制镜框。这样的他，即使混迹在刚毕业的大学生中，也真是毫无违和感。

我曾天真地问炜哥，不穿商务装是不是想显得更有活力。炜哥摇头解释说，不是的，是因为正儿八经的商务装太特么贵了！

炜哥确实穷。

这也不难解释，他走马观花地换了那么多城市，那么多公司，没有积淀，财富增长速度可想而知。但对炜哥，我却不像对认识的那些换工作瘾君子那样轻视，动容的感情反而更多。如果我说，炜哥如此奔波，都是为了他老婆，很多人也会像我一样感动的吧？

2

十四年前，武汉。

炜哥是湖北省某县某乡某村人。他们村的教育传统很好，男孩女孩都能上学。炜哥复读了一年，也考上了武汉大学。毕业后顺理成章地留在了武汉工作——人生剧本到了这里，假如再遇上个本地妹子，开始初恋，一气呵成地结婚生娃，把长辈们眼中的大事都办齐活了……那我也就不用讲下去了，所以情节不是这样发展的，虽说，炜哥确实认识了来自北方的炜嫂。当然，那时炜嫂还不是炜嫂。

以我不成器的审美，炜嫂很遗憾地没成为“国民女友”。我和她关系不错，但如果因此我强行说她漂亮，则很可能会遭雷劈。不过情人眼里出西施，炜哥肯定完美地忽视她脸部的比例失调及腰上的游泳圈而打心眼儿里觉得她既漂亮又性感。结果很明显，炜哥对炜嫂几乎一见钟情，再见倾心。

炜嫂当年在武大读大二，情窦大开，早已有了心仪的对象。假如她和他发展得顺利，那也就没炜哥什么事儿了。但好在那货不是炜哥，而是校帅气才子，在校园里酷炫狂霸了几年，完全不把炜嫂放在心上，这才算给了炜哥一丝丝机会。

我猜，炜哥大概成了去武大最勤快的毕业校友。据他描述，一周三次打底，勤快时一日数次。我听后感动得恨不得颁发一纸“最佳武大郎”证书给他。如果他把这股劲头放在学习上，现在成了哈佛的博士也未可知。可惜天道酬勤在爱情里永远都不是最重要的。炜嫂是倔强的姑娘，她满心满意装着的是那个帅气才子，宁愿排在候选人队伍的末尾眼见着人家换女友如换iPhone也无怨无悔。这样过了两年，本来眼看有了曙光，老天却空降了一位未婚妻到才子身旁。这晴天霹雳的，才让炜嫂伤了元气，甚至动了削发为尼的念头。

可世上雷声大雨点小的事儿太多了，最后炜嫂没出家，只是寻死觅活地去了上海工作。

3

十一年前，上海。

炜嫂选择上海做传统纸媒的工作，可能因为上海是魔都，也可能因为才子去了北京，这样显得两两相望相得益彰……半年后，炜哥也跟着去了。时隔多年，我都不禁为他跟去的身份担忧——他不是老公，不是男友，不是暧昧对象，甚至连备胎都不是！细究下来，最多算作欲求不满的爱慕者。

“炜哥！你怎么能忍……”我都要哭了，“你到底怎么想的？”

炜哥咧出个土得掉渣的微笑：“当时头脑发热，啥也没想就去了……”其实他总结得很中肯。我也认为他头脑发热，而且从未清醒过，对炜嫂的热一直热到了现在。

那时炜哥如果在武汉再待久一点，说不定就升职了。但突然转换城市显然不能让他四十五度向上，所以他的职位没任何变化，几乎算是“平移”到上海。而增加的薪水相对上海的物价，真是杯水车薪。

生活如此艰苦，可能唯一让他心存安慰的，就是炜嫂开始正眼看他了。我不能确定那种正视是爱情还是一个单身女生因异地他乡而产生的无助与寂寞。但不管怎样炜哥都很开心，毕竟他陪女神在路边吃盒饭时，有了一两次罕见的相视而笑。

那么就在上海生活吧！呼吸黄浦江边潮润的空气，在新天地里度过海派的下午，穿梭于陆家嘴的高楼林立……可以小资，可以精致，听吴侬软语度过一生也算惬意。然而这样的时光并没过多久，炜嫂又想离开了。她的工作并不顺利，本科生、冷门专业外加“夕阳”产业，这些关键词都让傲娇的她暂时无法获得满意的晋升和薪酬。

也许一纸研究生的文凭，会让自己身价倍增——跟很多人一样，炜嫂也有了这样天真又天真的想法。

4

八年前，长春到北京。

据说，当年炜嫂的Dream School（梦之校）有三所：清华、北大和人大，都在帝都。她要进修的专业类似于媒体经济。其实这种专业上海也有，复旦亦是名校。但大约是被在这城市的不如意伤得深重，炜嫂不愿将剩下的青春耗在那里。也可能她认为，北方的粗犷更对她的口味，虽然对此种看法我笑而不语。总之，种种幻想让她回到家乡长春，开始了考研狗的生活。

离开上海前，炜嫂决定和“尾行男”炜哥做个了断。婉约地说了俩小时，就是想表达：你我且行且远，距离越来越大，不如就此作罢？

炜哥听后，一着急一上火，在慌忙中再次不经大脑地做了个新决定：“其实我也要考研，而且也是北京的学校哦。”炜嫂非常惊奇，满脸的“Are you kidding me？”“可你都这么大把年纪了，能不能就别再折腾啦……”

求爱心切的炜哥赶紧挺直腰背，拍拍胸膛：“考试一直是我的强项，尤其是政治，高中的时候小考都是满分！”——听到这段，我大笑出声，拖长尾音问炜哥：“是——吗——？”炜哥黑着脸有些害臊：“泡妞的爷们儿，谁不吹点牛？”

于是年近三十的炜哥不安好心地准备着考研，还腆着脸在长春住下，陪着二十四岁的炜嫂准备考试，美名其曰，男女搭配干活不累，一起复习更有效率。两个人每天都佯装大学生到附近的理工大学蹭座儿蹭网，我想炜哥的撞色癖就是那时培养起来的。他们偶尔也共赴北京踩个点，跟瞄准的导师套词，稳步前行步步为营。

对炜哥来说，那段时间最大的进展是他和炜嫂略略变质的关系，虽然只是“略略”。

“已经开始眉目传情了……”炜哥的表情很娇羞。能想象那场景吗？简直仿佛石头里蹦出朵花儿。我大概也能体会那种“终于等到你”的心情，一大老爷们儿不离不弃地跟在后面好几年，再怎么说，炜嫂也会有些心动吧？

5

六年前，北京到天津。

不过关于炜哥所说的“一起复习更有效率”实在有待考证，因为他俩一起复习的结果是双双名落孙山。没高中的原因么，我猜……一方面是他俩花了太多时间在眉目传情上；另一方面，最主要是目标学校的档次设定得太高。毕竟他们俩谁对考研都没壮士断腕的决心，也就不可能扭转乾坤。连炜哥自己都承认，他高考全力以赴时分数都不怎么样，更遑论考研那时把主要精力放在把妹上了。其实很多已工作的人都这样，脱离校园环境太久，早失去了学习的惯性和激情。

但所幸通过调剂，他们还是被天津的一所大学录取，又再次开始了校园生活。可见上帝也不是时时都在关上门的同时夹人脑袋的。

接下来，炜哥在天津陪了炜嫂三年。

三年，可以读罢初中，混完高中，或在互联网创业，然后见证小公司的生与死。事业加速器or成败关键点，这三年的重要性，对已然而立之年的男人不言而喻。人们都这样说，哪怕用三年随便去考个职业资格证挂靠出去，也是笔不小的收入。

“可我最想要的，是结婚证啊！”炜哥的逻辑是这样强悍，让我无法辩驳，“你说说，不成家，咋能立业呢？”对此，我没和他争辩。就像我在九零后面前显得传统和老派一样，炜哥这七零后，应该也有他不能改变的时代印记。比如男女只要拉了手就必须对彼此负责终生什么的……

精诚所至，金石为开。读研期间他们的关系出现了可喜的变化。经过那么多年，炜嫂终于变成了炜嫂，原因果然是“我过马路时拉了她的手，她没挣脱”……尽管我永远猜不到窗户纸被捅破之前的浪漫和艰辛，但路遥知马力，炜哥也是匹种马。

炜嫂终究是被感动了。

“我只是觉得这辈子再也找不到那么死心眼的人了！”印象里炜嫂是这样说的。那个大饼脸的北方姑娘粗声粗气却幸福得跟在冬夜里吃了刚出锅的煎饼似的，让人看了觉得很实在。

6

三年前，长春到成都。

研究生一毕业后，炜哥就跟着炜嫂回长春工作，伪装成上门女婿。

可是攻陷炜嫂后，炜哥并没势如破竹地拿下炜嫂她妈。在炜嫂妈看来，这位男青年也忒不靠谱了：辗转五个城市，事业连小成都没有，关键还大自己闺女四岁！炜嫂娘亲都要疯了，觉得就是闭着眼睛满街乱撞也不大容易遇到这种货色哟！

炜哥为讨丈母娘欢心，日日死皮赖脸地往炜嫂家里蹭，买水果可乐医药、换灯泡地漏整流器、交水费电费燃气费……什么都干了。可炜嫂妈杵在旁边还是死活不同意，冷嘲热讽得连她亲闺女都看不过去了。

“怎么说也是你活该吧，男儿当以事业为重。”我认为，人有时真该现实一点。爱情是伟大的，可比爱情伟大的东西还有很多。

但炜哥特有自信地反对："妈蛋，要是老子当初追求事业留在武汉，怎么可能把到你嫂子？"

我想了想，确实很有道理。不过，"如果你留在武汉追求事业，后来也能把到妹子，而且说不定质量更好……"

"选都选了，老子不管！"我很吃惊，炜哥居然是当今世界少有的不纠结者。

炜哥在长春过得很憋屈，炜嫂心疼炜哥，想为炜哥寻找一片桃花源，内心夹岸群花盛放。炜嫂左右打听，不知从哪里得到的消息，误以为成都就是这样的地方。一拍脑袋，就它了。他们决定私奔到天府之国。但炜嫂的单位比较变态，上交辞职信后还得待半年到一年等到项目结清。所以炜嫂指使炜哥先行一步探路。

"可走的前一天早上，我忽然感觉不对，得留下点什么吧？"炜哥讲起他和炜嫂婚姻的起点总是意犹未尽，"万一我去了成都，她在长春跟别人跑了，咋整？"老实的炜哥意外地聪明了一次，当天就买了戒指，拉着炜嫂去领证。看着小红本上的证件照，他才安心下来："呵呵，这么多年的革命成果，可不能弄得鸡飞蛋打！"

就算我没见地吧，可我总在想，结婚是一回事，可刚结婚就异地是另一回事。在这充满"喜当爹"事件的世界里，炜哥的心也真是够宽的。

7

讲真，我都怀疑我为什么要写他们的破事儿。

炜哥和炜嫂，一湖北乡土汉子和东北城中粗犷妞，绝对不是俊男美女，绝对不是凄婉缠绵，也绝对不能上芒果台的黄金档。我的天，总结起来不过是个资质平庸又少根筋的男人为了个不怎么出色却想法很多的女人等待了很多年，像龙套似的跑过很多城市，换了很多工作，在不太合适的年纪做着不合时宜的事情，最后把这女人从不正眼看自己的陌生人变成了自己的老婆……唉，完全没有亮点！要知道如果把这样的情节写成长篇小说，很容易平庸得成为流水账。

但我喜欢他们，时时跟他们吃饭聊天。每每见到他们，就真的从心里萌发美好的感觉：就是这样自负地追求爱情，她就是电，就是光，就是唯一的神话！只要为了她，放弃任何的升职和薪水都不在话下！

嗯，我也想要这样一份爱情，我也想对谁付出这样的爱情。虽然我那么自私，永远都做不到，但至少有人已做到。

肥肉走失在201X

CC：“人嘛，不用多了不起，偶尔抽筋就行。”

每天的朋友圈里，会出现很多自拍照。这些自拍照充满了美颜、磨皮加特效。对此，我深以为然——如果自拍不用这些“高科技”，以显得自己脱胎换骨，又何必自拍呢？但我还是屏蔽掉了大多数酷爱晒自己靓照的朋友，时间太宝贵，我不能日日都让他人的大头照充盈自己有限的脑容量。

不过，CC是个例外。

我喜欢看他PO的所有自拍，所有改变，所有发自肺腑的感慨。因为那可真是活脱脱的励志片。

1

叫CC的家伙这世上有很多：诚诚、菜菜或春春，所以不必纠结他的真名到底是什么。我说的这个CC是我高中同学，一个肥到爆浆的超级大胖子，形容他的体型真是件让人纠结的技术活。普天之下肯定有比他更巨大，吨位更恐怖的男子，但这和我无关，他们存在于地球的一隅，几乎永远不会和我相遇，而CC，则是不同的，因这死胖子曾用其过于健硕的轮廓在我心里造成了一万平米的阴影面积……

高中那会儿，我们同班读书。

每一周，老师都会让座位前后轮番滚动，以保证每个学生都能有机会在前三排认真听讲。其实我们都觉得这个设定没任何意义，学霸还是学渣，不是地理位置可以决定的。智商超群或勤奋努力的人即使坐在垃圾桶旁边，都能在理综考试里，旋转三周半给出姿态完美的“空翻”。反之，如果换成学渣、学沫或学酥，考拉般贴在老师身上又能怎样？

打住！稍微有点跑题了……回来说CC吧。

有段时间，CC会有数周轮换到我前排。每当这时候，尽管中间还隔着某娇小的路人甲，可他还是给我的前方视阈造成了大军压境、乌云盖顶的效果。他成功地遮挡了所有风光，令我只能望着他“一波三折”的后背——那是种怎样抑郁的体验，没经历过的人没有发言权！很长时间，我都努力地压抑着想打人的冲动，之所以如此努力，是因为我知道自己根本干不过他，他一条腿儿砸我身上就能让我Game Over。

就是这个爆浆男子，从去年的某天开始就在朋友圈里放他的小米手环记录片：几点到几点，走了多少步，小跑了多少米，具体消耗的卡路里数值，然后再附上他的最新“玉照”。而截至我写下以上文字的前两天，他刚从160公斤降到了75公斤，迅速成为微胖界冉冉升起的新星。用他贴在图片后的原话：减肥，是个疯狂的决定，而减成朕这造型，真心不易。

他居然减肥成功了，这结果得让多少叫嚣着要甩肉并日日吃着昂贵酵素的姑娘吐血啊！当然了，我想，从此CC必须要克服一个颇具哲学意义的挑战：每当照镜子的时候，他再也不能以轻松的心情安慰自己：我丑，不过是因为我胖罢了。

2

CC是从英国回来后才开始减肥的，时间持续了一年。

即使纯娘们儿也未必能猜到他到底尝试了多少种奇葩减肥方法，细数下来，编本书也没啥不可能的——比如古印度按摩和针灸拔罐，也许此种号称躺着就能瘦的神奇魔咒并不是完全在扯犊子，在CC身上没效大概是因他肥肉太厚，人家误判了他的经络和穴位，以至做了N个疗程，体貌特征毫无改变。后来他向广大的女性同胞取经，在节食的同时猛磕减肥药并牛饮瘦身茶，而这项实验以他过于饥饿差点晕倒在马桶上而告终。另外各类瘦身、减肥霜，几十块到上千块，CC用过无数款，一段时间后他的皮肤变得油光水滑，但各种围度如同最牛雇佣兵，坚守在原来的刻度……

如此阅法无数，换作我就放弃了，因为努力不一定有收获，但不努力却一定会很轻松哦！但可贵的是，CC没放弃。我想内情应该是那句“全世界都是瘦子的”，他应该是觉醒了，不想生前一直被人叫胖子，死后还被人叫死胖子。

在手工和药物的尝试完败后，CC决定相信科技手段。他先后为“正负离子减脂环”还有什么“震动甩肉机”之类的仪器贡献了数额巨大的人民币。那个减脂环的说明超级神奇——把环穿戴在脚踝上，利用正负离子的碰撞带动血液循环，提高新陈代谢率。“只要你想瘦，随时都能够”之类的广告语把牛吹上了天，而现实中并无什么用……

其他的我不敢轻易评论，但作为一个纯正的理工科学生，居然会相信用简单震动的方式就能破除脂肪的细胞壁并使它们通过排泄系统的运作消失在体内——如此科盲，难道物理和生物是体育老师教的？这让当年在讲台上大喷口水的老头们情何以堪？

唉，果然是“too young too simple”。

3

总之，为了让这项事业进行到底，最后CC不得不采用了最原始的“暴力运动法”。

这方法“暴力”的原因在于它实在太简单粗暴了，除了和App相连的小米手环外，完全没任何科技含量！要知道现在有多少高大上的生物医疗，比如明星们常用的超声波爆脂、超音波拉皮，真的可以让人躺在那里一动不动，同时很有成就感地看着甘油三酯顺着管子往下流。虽然有点贵，但有效就行。而“暴力运动法”呢？则是每天穿上慢跑鞋出去，以欢乐的心态……走上二十公里。

有一百次，我很想问CC，寒冬酷暑，二十公里，即使是用走的，心态还能欢乐吗？

没有实践，就没有发言权，但在这个问题上我可以用亲身经历说明。大二的时候，我被班长忽悠去跑半程马拉松，说跑了之后，期末体育就不用考试了。他说，咱们平时不也练习三千米么，半程距离也不长，不过七个三千米而已，随随便便就搞定了。那时太年轻，热血一冲，什么话都信；放在今天，我肯定就一句：随随便便个你妹啊！

站在天安门起点，随着枪响，我雄赳赳气昂昂，跟下课要去奔饭似的。不过很快，这种气势就被漫长的路途打回原形。过了一半的里程后，我累得连志愿者递来用作补给的香蕉都吃不下。有个妹子很体贴地在旁边带跑，她热情地问我，同学你有没有什么需要？我用残存的力气虚弱地说，我……我需要休息……千难万难，最后冲破终点的横幅，恰好比规定计入成绩的时间慢了半小时。我欲哭无泪地想，妈蛋，结果期末还是要考试！

后来我在心中与自己约定：以后就算给全奖，我也再不干这票勾当——于是我再也没在同一天内有过如此大的运动量，可见我是个多么有原则的人。

在某饭局上，我勇敢地提出了这个想法。

CC一边淡淡地看我，一边抚摩着自己已初具性感线条的小腿，样子有点猥琐。他说，这事儿就像是吃臭豆腐，开始虽然满鼻孔都很臭，但真的坚持吃一吃，就会傻傻停不下来了。完了他还略略轻蔑地补充：“当然，没试过的人，不能体会。”当时我就怒了，太看不起人了！我像是没吃过臭豆腐的人吗？

4

在我看来，“吃臭豆腐”的比喻并不能很好地解释CC为什么能完成这个超级任务，因其难度比每天狂走二十公里要低了去了。

上周CC骄傲地在朋友圈里表示自己已走坏了两双Reebok，并附上鞋底鞋面开口的照片，我被那鞋严重的磨损程度惊呆了。我虽没买过这个牌子的跑鞋，却也知道它品质不俗、价格不低，如果不是A货，应该不能随便走走就玩儿完了。So……到底是什么支持着他不放弃不抛弃呢？

绞尽脑汁，我只能衍生出这样一种假设：他减肥的动机是情殇，之所以能坚持下去，是因在感情失败后对自我那份深深的怀疑——有木有觉得逻辑很通顺？一个CUP比柳岩姐姐还大的死胖子，爱上了某具有正常审美水平的女孩。费尽神思表白后，被发“好人卡”。本来也打算放弃了，可在快要走出暗恋阴云时，发现女孩忽然有了男朋友，那男生面部轮廓清晰、腹部八块腹肌……自尊一下就崩塌了，从此CC再也不能愉快地生活了。

“想不到，认识这么久，你还是一点都不了解我。”CC优雅地把大块的红烧肉放到自己的嘴中，对我的杜撰嗤之以鼻，“当年我是胖，但我不自卑，也从没因为胖被欺负。Plus，你也是知道的，我从来不缺女朋友。”

我嘴张了张，在回忆里努力搜寻这家伙的片段，悲哀地发现还真是这样！

在高中，CC以毒舌和犀利扬名全级，而这种独特的幽默“诱拐”了我班的“七朵金花”之一，我到现在还记得那姑娘大得和赵薇一样的眼睛；到英国后，他又因不输歪果仁的彪悍体型征服了十个以下三个以上国籍不同的洋妞，差点儿和最后一位修成正果。

“喏，这是我现在的女朋友。”CC递给我他的手机，照片上的女孩体态轻盈，笑如春风，“我在朋友圈里发了好多她的照片，你都没看到？”

我瞬时干笑了几声来掩饰自己受到的巨大惊吓。我又不瞎，当然看到了……只是我长期以为，那就是我意淫出来的让他求而不得的女神。“……既然她有美貌，您有智慧，还费那么多劲儿减肥做什么？”我想表达的意思很简答：难道土豪的生活就闲得那么空虚和寂寞，只能用甩肉来缓解？还有，这个女人也挺肤浅的，爱一个人不是应该接受他的全部吗？

CC挑眉：“不为别的，就是想在三十岁之前，做点小小的改变，来迎接我的而立之年。”

以前，我在他的脸上看不到任何表情的改变，因为肉，足矣。但这回是真的可以挑眉了。

5

如果没遇到现在的女友，CC要做的“小小”改变可能不是减肥，而是到迪拜的帆船酒店S个PA什么的。但CC从伦敦回来休假顺便续工作签证，却突然被这女孩“撞了下腰”。因觉是真爱，而女方又不愿离开家乡，故CC为她辞掉了英国的工作。

回国的第二周，刚好是他二十九岁的生日。

吹蜡烛前，他问女友："你有什么愿望，爷爷帮你一块许了。"

他女友摇摇头，最终掐着他沟壑纵横的腰说："别无他求，惟愿你瘦。"

这个挺押韵的小清新回答却一下击中了CC，让他的不开心立刻蔓延开。CC以为她在嫌弃他："你知道我不以胖为耻，而且很喜欢自己。"除了脸上的肥肉，他简直是个冰冷且严肃的酷男。"话说如果你喜欢精瘦的帅哥，sorry，那不是我。"

女友有点愣，愣完了翻箱倒柜，拿出他为工作签准备的体检报告："你丫凶个毛线，还没三十呢，就高血压、高血脂还高胆固醇，你是想我还没过门就当寡妇啊……"

她的话还没说完就被CC打断了："傻×，过了门儿死了老公那才叫寡妇呢，你有没有文化？"

贫完嘴的那晚，他没睡。原因之一，是他吃饭时不小心点了Double的咖啡；原因之二是，他要三十了——这是比喝咖啡更需要思考的问题。于是他就在亢奋中思考了一整夜，最后决定在三十大关来临前送自己一个Gap Year（空缺年）。而这个空缺年的内容，是减肥。

对自己负责，更重要的是，要对她负责。也不是没听闻过因肥胖导致的疾病，只不过从没当回事而已。其实就在他回国之前，办公室有个哥们儿脂肪肝请假回老家土耳其休养，老板还叮嘱吨位更大的CC

要注意锻炼，别重蹈覆辙。当时CC并不害怕，穿着这身肥肉几十年都过来了，病不病的，只是个概率问题。但女友的一句玩笑却改变了他的看法，绝不能由于这个，让她守寡——动机有时就这么简单。

6

因在国外工作时有些积蓄（其实不是“有些”，他在英国的年薪是六万英镑），CC得以在这一年里专注在这唯一的事情上，不用费心为了吃喝拉撒奔波。其间辛苦痛苦以及刻苦的过程不再赘述。

虽然简单粗暴的方法如今看来卓有成效，但也必然枯燥和乏味，尤其是初时累成一摊肉泥却并未见明显改变的时候。我问他到底是如何度过那段毫无成就感的日子的，他给我看了张照片解惑。照片中的他和现在体型接近，已经成了一个脱离肥胖的人，一个各项体检指标都健康的人，一个继续努力就可以用肌肉征服世界的人。我以为他又在秀成果，很想一拳把他打死，做人不能做得那么不厚道，把同样的主题重复无数次有意思么！但他说照片制作于一年前，那时他还没开始减肥。女友PS这个，并将之印成了特号A0的尺寸（1230mm×880mm）挂在客厅里，每天都饱含深情地瞻仰无数次。

“她常常边流口水边回头看我，接着对我说：‘要是你变成这样，我会爱死的’。”他端详着图片，露出胜利者的微笑，“于是每当想要放弃的时候，我就看看它，想着自己如果再有两条人鱼线，那她该是什么样的体验啊……”

我赶忙打断他花痴的少儿不宜的想象：“能说重点吗？”

CC回过神：“我是想说哦，人嘛，不用多了不起，偶尔抽筋就行……”

我若有所思地盯着同样的事物，心中同样感慨万千。

我发誓，那个时候，我真的得到了很多启示。

首先，人必须要有积蓄。如果我像CC似的脱产来减肥，估计会被我妈撕成满院飞花。我亲妈肯定会掐着我说，连自己都养不活，还想辞职减肥，小屁孩儿天天都在想什么呢！

其次，万事万物都能有积极的作用，就看怎么使用。比如美图这种工具，不仅仅可以让姑娘们用来自恋，同样也可以让大老爷们儿用来减肥。

再次，大家记得每年都要做体检，以便发现自身存在的重大弊病。如果真的得了三高、精神病什么的，就要注意保养和治疗。

最后，有位靠谱并随时关心着你身材变化的对象有多重要，他爱你，敦促你，鞭笞你，使你无论如何都得过且过不下去。

最后的最后，如果自己到了一定年龄，那就可以考虑一次Gap Year。用它来减肥，用它来整容，用它来出去看看，或者随便做点什么改变。然后，和CC一样，渐渐地贱贱地就变成了一个更好的自己——励志得不行！

The 2nd Avenue
只有一丝非主流

在心斋桥逛街时，正面迎来一个男孩。男孩一头玫瑰色的烟花烫，脸上画着浓重的哥特妆，鼻子穿着BlingBling的环状物，从上面装饰水晶的闪耀程度观察，我猜是Swarovski的。他向我走来，同样玫瑰色系的小脚裤紧紧包裹着他的大长腿，蕾丝白衬衫的袖口在春风里摇曳，领口那缀满珍珠的蝴蝶结像只巨大的鸟要展翅高飞……我当然能准确判断他的生理性别，因为除了明显的标志物外，他旁边还有个穿着校服套裙挽着他手叫他Honey的女孩。

我想说的是，这就是国内定义的典型的非主流。

当时好想跟他合照，因为我身边从没出现过这么大写的杀马特。我的朋友们，都和我一样，又红又专非常主流。虽然他们中有人家财万贯泡不到妹子，有人死命拒绝升职加薪，有人想走文艺路线却成了傻姑，有人结了婚坚持异地生活，有人过了二十多年才发现自己不喜欢异性的……但这些比起心斋桥男孩来说，最多算是个人的Icon，只有一点点非主流。

■ 哲学家乔哥

■ 山寨榜样二世祖

■ 伪文艺元气少女

■ 二哈夫妇

■ 基佬高材生

哲学家乔哥

“遵从内心的声音，活出生命的答案”，仿佛成了媒体的宣言，教条般的存在。

比我大十岁的师姐李一诺开了一个叫作“奴隶社会”的公众号，凭借其麦肯锡合伙人的高大上身份吸引了很多人，而我只是其几十万个Follower中之一。某天于上面读到一篇文章《非典型小神》，大约说的是师姐老公的同学嫌升职会占用思考人生的时间，故而甘愿放弃，转而天天背着小书包去上海图书馆，不为考研，不为出国，只是想安安静静地研究以前没搞明白的高等数学。

看完小神的故事，我感触颇深，立马转发给乔哥，并附上评论：“喏喏！瞧瞧上面那家伙，多像你啊！”

而乔哥，果然没回我。事实上，到现在他都一直没回我！我当然很生气，以为经年不见，他已把我拉进了黑名单。这伤春悲秋的猜疑一发作，便当即决定不予理睬——他以为他是谁？大不了与他一刀两断，老死不相往来。

很久以后，和乔哥的舍友辉子聊起此事，忿忿不平感依旧爆棚。辉子听完，摇头大笑，用那种“看来你还是太不了解他”的口吻说：“你还指望乔哥回复？乔哥现在连手机都不用，收鬼的微信！”

“啊？”我傻傻地叫了一声，“怎么，现在穷到连手机都买不起了吗？”可心里腾起一些异样的类似于欣赏的情绪，那种情绪似乎也在猖狂地点头：“嗯，既然是乔哥，什么信息都不回也很正常，他不就该这样么！”

1

乔哥就应该这样。

本科毕业，各奔东西。此时，乔哥签下了一家设计院——建筑专业的学生，去国有或民营的建筑设计院工作，可能是再正常不过的选择。但平常沉寂的乔哥却掀起了轩然大波，只因他选的公司主要业务是军用建筑。

我这么说，行外的朋友可能不大理解，无论民用、军用，不都是板砖修房子么，有什么区别！此言当然差矣，这就好比同样都是码农，给团购网站写代码和给导弹程序写代码能一样吗？我倒不是说乔哥去的单位特别高级和神秘，我只是想说明民用建筑和军用建筑的大相径庭。

我们在学校里费尽心思弄出的作业跑不出住宅（高层、小洋房）、商业（综合体、商业街）、办公、文化（博物馆、大剧院）、教育（大中小学幼儿园）、交通（火车站、机场）、医疗（医院、养老院）这几大类。我们做设计，最后的评分标准本质上无非两条：谁把概念故事编得更引人入胜，谁把外形做得更脑洞大开。但这所有的要求，在军队里要重新理解！你想啊，什么军火库、训练场、指挥中心，都巴不得越低调越好，哪里管什么寓意和外形！

乔哥签了军工设计单位后，连平素从来不搭理我们，永远摆着寒冰脸，巴不得全系学生都消失的教务处上海大妈，都破天荒地三天两头来找乔哥谈心，充满关切地问："小乔，家里或者自己有困难要跟学校讲好伐，大家都可以帮到你是不啦？"乔哥点头又摇头，就跟梦游似的。李大妈最后叹了声气，好像在说"好好的一个孩子，这下全毁了好伐"……

"在那种地方工作，应该挺没意思吧？"我们关心的问题显然比李大妈层次高多了。

在俺们刚刚毕业的那年头，人人都想成为库哈斯（新样式大楼的设计者）或扎哈（广州大剧院的设计者），成为能在大城市里设计标志性建筑物的建筑师才是"有追求"的正确打开方式。

而乔哥淡定地表示："可我本来也没觉得设计出几座花花绿绿的房子就很有意思。"

"那你告诉我，什么才有意思？"这可是人生的终极考问之一，时至今日我都没想通。幸好这问题乔哥也没想通，及时挽回了我一些颜面。可他却有自己独特的见解，乔哥认为就因为生命的意义如此重要，更需要时间和空间好好想一想。

"这有毛关系……"我扶墙，请问这种异次元的逻辑换个人能听懂吗？

“一切的思考，都需要钱和闲。”我记得乔哥是这样回答的，几缕淡漠的笑容化在他那毫无特点的国字脸上，显得模糊。确实，那家军工设计院不仅朝九晚五，工作时间非常规律，而且报酬颇丰，听说第一年的月薪税前就有三万。庸俗如我，自然不能明白这是不是人生方程的正确解答，但乔哥却着实为了如此结论，甘心放弃了我们眼中的“远大前程”。

乔哥说完，辉子穿着大裤衩斜跨在床头，和教务处的李大妈操着同样无比惋惜的嘴脸教训乔哥：“你的人生，全完了好伐？”

2

进了那家单位，乔哥果然和我们迅速地在各方面拉开了差距。

首先是在时间上。

也许不仅是建筑行业，在所有领域里刚毕业的小弟和实习生地位都差不多，一样的被随意使唤，一样的一周七天连轴转，没人在意所谓的私人时间和个人权益。有天半夜下班，回西门吃烤翅，见乔哥也在，颇有虎落平阳的快感。我憋着笑问他：“乔哥，您也加班啊？”结果乔哥摇摇头，让我大失所望：“什么加班？我就是睡一觉起来，忽然饿了……”原来号称的朝九晚五真不是盖的。

然后是在领导的器重上。

我等奔赴各种业内顶尖公司之辈，开始自然渺如蝼蚁一般。除却周围那些久在其位的老油条，同我们一起上岗的毕业生中也不乏来自哈佛、MIT等更洋气高校的家伙。于是，虽说我们资质不错，也算出身国产名校，但绝无鹤立鸡群的效果。而乔哥，作为那家公司二十年内唯一来自TOP级学校的存在，从签下三方的那一刻就已让领导对他另眼相待。乔哥工作不到一年，便已可以带小弟画图了——这对于其他人，是想也不敢想的光速成长!

最后不能不说的，就是在Money的差异上。

尽管我一直不齿，常常背负着不为五斗米折腰的假清高，但几年后回想起来总有种“乔哥说得也有道理”的感觉。嗯，钱不能代表一个人全部的价值，但对市场化的公司而言，钱确实是量化员工贡献的重要指标。也就是说，数字和地位是成正比的。当我除却房租水电，买了油米泡面，钱包捉襟见肘，生活毫无质量可言的时候，乔哥却能利用闲暇时光满世界乱飞，还买了架上万的钢琴把玩……对这样的生活，我不想说羡慕，但真的十分羡慕。

当我动弹不得只能籍籍无名地重复着助理建筑师的工作时，乔哥不仅有了小弟可指挥，且已然独立负责过一些简单的项目了。

在绝望中寻找希望时，我阴暗地想过，不过是点难登大雅之堂的构筑物，即使建成了，也没什么好值得骄傲的吧？但我这些小人之心在乔哥的高升面前，连绊脚石都算不上。很快，乔哥的领导就让他作为副部长，开始负责整个设计部了，而那不过是毕业后的第三年。听说副部长的年薪，都在五十万之上，那么应该会答应的吧，毕竟薪酬几乎翻了倍。但诡异的是，乔哥却拒绝了，拒绝得那么干脆，似乎不用仔细掂量，也能轻易决断——肯定脑袋被门挤了，放着升职不要，还想干吗？

“你不是要有钱有闲吗？”当时这样说的人，确实是他啊！出尔反尔，大家皆是不解。然而乔哥却很平静，他说他没打算推翻自己之前的逻辑——“当了副部长，责任加大，事情变多，工作时间拉长，还要陪领导应酬……欸，总之很麻烦的。我现在只想清净地看看书，思考思考人生。”人类一思考，上帝就发笑，乔哥也因为这句话被无数人讥讽。很有那么几回，同学谈论他，戏称他为“思考人生的男子”，语气不无揶揄。

对，也是这个梗，让我觉得他跟那位“非典型小神”很像，都那么不按常理出牌。

3

神经病，这是乔哥的新标签。

然而细想下来，乔哥并不是唰地一下变成这样的“神经病”，他的非典型早在大学期间就已露端倪。虽然那时在外人看来，他只是个有点自闭、孤僻及拥有奇怪嗜好的男生。老师和同学们的想法不过是：长得不好看，没啥桃花缘，成绩没噱头，社交能力还不如幼儿园班长的男生大约最后都会“殊途同归”地选择这样的道路。既然平平无奇，就尽量离所有人远远的。争取缄默、内敛，过得非主流。

对我来说，乔哥确实不帅。略略方正的脸型配上不出彩的五官真是毫无辨识度。而且那种特别喜爱浅绿衬衣搭配深红夹克的品味也简直醉了。可“一定没人看得上他”的想法其实与事实并不十分符合。从高中起，慕他之名凶猛倒追的学妹双手都数不完，他在红毯那头灭灯Say No，不带遗憾地说你不是我真正的Soulmate（传说中的灵魂伴侣）——“我要的感情，不是兽欲，不是婚姻，而是像钱钟书和杨绛的关系，彼此懂得，白头偕老。”尽管乔哥认为这是很基本款的要求，我们却认为普天之下少有格调与他相称的“良人”。那么问题来了，他会孤身至死吗？

另外，乔哥在系内的成绩差是公认的。他在设计课上的表现真是让人各种抓耳挠腮不知如何是好，吐槽××级的乔姓学生后来居然成为陌生教授拉近彼此关系最好的开场白。

关于设计课，乔哥最著名的举动出现在一年级的平面构成作业，那时大家无不是用心尽力地交出色彩斑斓的组合图形。唯有乔哥在操场边捡了几块小石头随意粘在画框上，还美其名曰“大自然的礼物”……

他介绍完自己的方案，老师自然怒不可遏，而同学们也被这大胆又不着四六的作为惊得吐血了。教授让他重做，可他拒绝：“为什么要重做，这就是我的Idea”。最后，还是辅导员从中斡旋才让他勉强及格。

不过，神奇的是，乔哥的GPA却一点也不低。他虽然极少把时间花在专业设计课上，却选修了很多让别系学生头大的课程，诸如天体物理、量子力学还有数理方程等我死也及不了格的诡异事物……他把别系的专业课当成自己的选修课，并大力出奇迹地表现得十分优秀，充分证明了在本专业毫无亮点的学生换个专业能有多了不起！可有毛用啊，我们早就过了数理化竞赛得奖保送的年纪了好吗？

我常想，既然花了那么多时间和心力，还拔得头筹，假如要有效利用资源，转系岂非更明智有效的选择？然，乔哥如是解释：干吗要转系？大学本就不是用来学什么正儿八经的技术的——彼时，做了大半辈子乖宝宝的我只当作笑谈。多年后看见斯坦福的校训，说如果学校让学生学会了一门具体的专业，那简直是大学教育的失败。瞬时，我回想起乔哥这番话，忽然有了丫真高明的感觉。

4

不知从哪天起，也许在吃鸡翅的夜晚，也许在他PO出极光照片的清晨，也许在他拒绝掉高中校花的暑假，也许在他放弃晋升领导的那个满是雾霾的正午，总之，我对乔哥的评价从“蛇精病”变成“有自己生活哲学的人”——这种转变，我也深感神奇。

可能是越长越大，越变越老，发现尽管拼尽全力地按照主流的认识去生活，却依然摆不平自己的心，越来越难以找到真正的自己。人在数字和信息的洪荒中，很容易迷失。所谓的“做人一定要按照自己的本心去生活”也成了被媒体唱烂了的宣言，褪去最初新鲜的光芒，变作枷锁般的教条。就像我自己，安安静静做了那么久符合大众观点的优良公民，却依然不知道路在哪里，何为本心！所以我是打心底羡慕乔哥，他莫名其妙地就走出了属于自己的路。

嗯，可我不能再说下去，这毕竟不是一锅鸡汤。

我这样“思考人生”的时候，乔哥已又发功了！

他在年中辞掉了那个于我而言旱涝保收又规律轻松的工作。在周围人惊异的目光中，他去新西兰留学了。而学的，竟然是哲学……

“学这个有嘛用？”和大多数人一样，我也庸俗地认为，学哲学还不如学挖掘机，至少还是门手艺。我捂着脸：“难道又是为了思考？”

乔哥点点头，肯定了我的猜测。

“就算要去留学，也应该选欧美啊！”世界人民都知道，新西兰的学府根本无法与欧美抗衡，何必花那么多钱砸掉自己身上原有的学历招牌呢？

“这你就不知道了。新西兰芳草鲜美，落英缤纷，很适合躺在草地上看看天。”乔哥一点不介意花巨资去养老。

我都要哭了：“唉，不管怎么说，也应该等到年末啊……”我是真替他惋惜，就这么忽略掉十几万的年终奖默默地走掉是不是有点不科学啊？

“钱是赚不完的，有舍才有得。”乔哥最后不咸不淡地说——那是我们最后一次见面，他穿着那件标志性的红夹克，腋下夹着本刚从图书馆借来的存在主义名著。他笑的时候，眼角有了很深的皱纹，脸很方正。我盯了他半天，终于没有说：“你的鼻毛露出来了。”

5

那条微信，乔哥始终没回。看来他真的已放弃了一切网络社交。

我们无法联络，我们不需联络。

我怪他吗？有那么一点点吧。不过，就像辉子说的，那是乔哥啊。

虽然他早就把专业技能忘得一干二净，一次恋爱也没谈过，露水情缘更是没有，又缺乏对未来积极入世的安排（以下省略一万字）……但，有什么关系呢？他过得是那么宁静无争，连手机都放弃使用，却依然真实又有力地把握着自己的脉动，没事儿又惊天动地地令我们这些一点都不哲学的旧人哲学一下，思考思考自己是否还要这样麻木下去。

我不知道他毕业后能做什么，也许他不会成为哲学家，说不定会到叙利亚反恐！如果是他，没什么不可能，因为他是乔哥。

山寨榜样二世祖

我："他是我见过最没有励志情怀的二世祖，但我们都喜欢他。"

坊间流传，如今寒门再难出贵子。富二代跟贫二代差的不仅仅是钱，还有观念、胆量、人脉、资源等数不清的差异。作为寒门的代表，心里委实知道这是真的。

老派的言情小说总是传达着这样的观念：二世祖们都是纨绔子弟，他们不学无术，不务正业，整天只知道在灯红酒绿中撒欢。对此，因为认识了太多勤奋刻苦、主见极强的富二代，所以我不敢苟同。

不过，世间之事全无定数。某些二世祖，有吃穿不愁的家庭，也有努力过人的决心，却倒霉得一直郁郁不得志。而新爷不折不扣的，就是这样的。

1

新爷是个有钱人，高中毕业很久，我都不知他家那么有钱。

当他一周换了奥迪、保时捷和阿斯顿马丁三辆不同的跑车接我们去吃串烧，我真是震惊了，不过我很快就平静下来了，毕竟在新爷的车旁边，还停着奔驰、宝马、路虎什么的。我们那高中，达官显贵的后代多得跟雾霾里的灰尘似的。

我和新爷是初中同学。但初中三年，我们都没说过话。他为人十分低调，低调到大家常常会忽视班里有这么个人存在。他认真听课，努力做题，尽管如此，成绩却始终温温的——在那只看分高分低的年代，他的存在感就更弱了。

印象里的男孩，白皙，瘦，颧骨高高，自带一头天然鬈，喜欢穿一件洗得发白的蓝夹克衫，细细的腿撑不满牛仔裤，说话软绵绵的，没什么底气——无论谁看到这副非主流的尊容，都绝不会联想到他是个二世祖，因为他身上没一点有钱人的味道。

新爷在初中最大的爱好，是去网吧，他不打游戏，就站在后面看其他人CS。那会儿新爷连辆破永久都没有，每次都是别人在前面骑车，他跟在后面狂奔——这也是我会根深蒂固地认为他穷的缘故。久而久之，新爷练就了非凡的长跑功力。直到高中毕业，年年运动会长跑他都拔得头筹。别人跑到最后，累得恨不得吐血，而新爷仿佛闲庭信步，大气都不喘一口。后来城市马拉松风靡时，他还跑过全程，这是他这辈子成名的第一站。

而新爷的第二站，是因为一个姑娘。

2

姑娘彭彭，是个日系美少女，虽然她的单眼皮和雀斑让很多男生打了差评，但她胸大腿又长，而且一白遮百丑。新爷每每回忆起初中和彭彭做同桌的日子，总能生出许多感慨。那时上课，彭彭藏本袖珍的言情小说在抽屉里看，都不用打招呼，新爷就主动帮她站岗放哨，老师提问，他赶紧把写好答案的小纸条递过去，使彭彭从未受过当众罚站的尴尬。这放在今天来评价，那新爷就是活生生的暖男啊。

尽管如此，新爷在初中没一点邪念。直到高一的早读，彭彭坐在前排，沐浴在阳光里，毫无征兆地回眸一笑，他才有了缘定今生的感觉。

新爷情窦的起点在这里，可问题是彭彭那天不是在看他啊！这便注定是个悲剧……

彭彭永远都不可能爱上新爷，只因她是那种见到霸道总裁就发软，见到沉默知己就无感的女生。我爱你你不爱我，本身并没什么问题。问题在于彭彭爱上了新爷的兄弟。这可算是自作孽不可活，因为是新爷亲自带着彭彭认识了他酷爱极限运动的兄弟。

兄弟又高又瘦，古惑仔似的新潮打扮和无端冷峻的表情，完美地掩盖了他没文化的缺陷。他成绩奇差，视读书为粪土，属于那种倒数和导数傻傻分不清楚的男生。

然而，就是这样的男生，却自带一股随时可以将女生壁咚的光芒，大约也是极限运动玩多了。他爱滑板如命，除了吃喝拉撒，心思都放在如何做出更高难度的动作上。这直接导致他玩滑板时的气度十分气吞山河、舍我其谁，让像彭彭这样的青春美少女毫无招架之力。

爱他就要变着法儿地喊出来，彭彭是这样的。

后来她通过新爷找兄弟借了本练习册，还回去时在里面夹了张纸条，写上了日文的“我喜欢你”。文盲如兄弟拿到后，果然看不懂，把纸条拿给新爷，问这是什么意思。新爷一查词典，差点气晕。兄弟盯着他文曲星的屏幕，露出一种原来如此的表情。

梁子就结在这里——兄弟问新爷，你是不是挺喜欢彭彭的。新爷点头。兄弟又问他为什么。新爷便毫不犹豫地列举出彭彭的种种好处。兄弟若有所思地点点头，过了两天就和彭彭在一起了。

新爷看到他们手拉手好幸福的样子，下课后找了个僻静之所，一拳把兄弟揍倒在地。有人听见新爷在骂街：“老子借给你钱买滑板，你却用滑板泡我妹子！”

于彭彭，这不过是段小插曲，后来她还换了很多男友，虽然没有一人叫新爷。但新爷依旧痴心不改地守在她身边，就跟中了蛊毒一样。

从高中到大学，从中国到英国，从本科毕业到研究生毕业，他都矢志不渝。以他家庭的号召力，多少姑娘都奋勇争先地往前扑，但他就是除了彭彭谁都看不上。可我们一直觉得，二世祖泡妞不该是这样的。

当然，我也挺佩服彭彭的，就算后来知道了新爷的显赫家世，也从没对他动过心。她的理由倒也简单：“他非主流得我实在亲不下去……”

3

情事说得够多了，也应该说点别的。

我说过，新爷努力但成绩一般，高考后必须“分不够，钱来凑”，他爸妈决定让他出国读书——这实属正常之举。我所认识的二世祖，出国读书的专业选择跑不出金融、经济或管理，都去学商科是为了以后回来继承家业。新爷不愿走寻常路，他发誓以后绝不回来经营公司。“嘿嘿，我还有个弟弟，有他一切就OK了。”

数以百计的专业啊，新爷最后选了航天工程，打算毕业后做科学家！这抱负太巨大了，听得我手脚发软。想到新爷以前的数理化成绩，我感觉还不如去读营养学、星象学、芳香学什么的，以后好歹还可以当个微博红人。

“可造火箭不是更带感吗？”

新爷拿出小学手工课做的飞机模型，说有时候梦想看似天马行空，但要实现起来，也没那么难。毕业后，他果然去了航天设计院做工程师，没事儿往火箭发射基地跑跑，在自己的小破图跟前比划比划，也实现了梦想。

有哥哥做榜样，新爷的弟弟也没学商科，出国读了服装设计。更酷炫的是，人家泡了一洋妞，游走于伦敦巴黎的时尚界，根本不打算回国。这下新爷的爸妈才着急了，家大业大，生俩儿子竟然一个都帮不上忙，有没有搞错？

一年春节，弟弟从英国回来，新爷家召开家庭会议。家长横竖就一句话：甭管你俩怎么商量，反正家里得留一个。本来哥俩还想负隅顽抗一下，可就在这时新爷他爹脑血栓住院，继承家业就变得势在必行了。

Me Or Him?

这个问题新爷还没仔细思考，弟弟未语泪先流，说自己不能回来，一回来就得和洋妞分手。为了弟弟的爱情，新爷只有彻底告别了航天科学事业。不过我想，如果让新爷的爸妈选择，他们肯定会选弟弟，因为新爷从小到大都没表现出一点商业头脑。而后来发生的三件事，坐实了我这个猜想——

4

最开始，新爷老妈让他去催款。

催款也叫收债，收债是个技术活，要么得表现得特别惨，好像拿不到钱就没命了之类的；要么就得让人感觉特强势，好像拿不到钱别人都得没命之类的。然而，新爷那么瘦，演技又实在欠佳，就算还带着秘书，站在那里就跟空气没什么区别。人家给他倒杯茶，笑着嘚啵几句最近资金周转不灵什么的，就摆出一副你爱谁谁的表情。十三张大单子，都快春节了，新爷一个也没收回来。

之后，新爷老妈给他换了个差事，想着他年轻，可能在拓展新业务方面会有所建树。大家知道，无论拓展什么保留什么，在中国这样的人情社会里，关系是第一重要的。谈生意得套关系，还得选择适当的时机套关系，比如大家搓麻搓得正嗨的关口，或被包间里的大波妹炫得大脑不能正常运转的时候。可从小到大，新爷都特别老实。别说麻将，就是扑克，也只会斗地主一种。他像牧师一样，憎恶夜总会等场所，即使去酒吧，也是英国人喜欢的家庭聚会式的清吧。不能营造氛围察言观色，使得新爷每次跟人谈新业务，谈一次就没下文了。

这中间还出现了插曲——

听说少主在拓展业务，下属子公司有个经理拿了项目计划书主动找上门来，建议新爷做对冲基金。那段时间，基金之火热，不亚于现在全球搜捕经济政治犯。新爷懵头愣脑地读了一遍，没读懂。但他还是很快同意注资，原因是他觉得自己读不懂的东西肯定很深奥，而很深奥的东西多半能赚钱……这逻辑最后被证明果然没什么逻辑。那位经理拿了他家几百万后，跐溜就没影儿了……

备受打击的新爷决定用炒股来弥补这次损失。既然赵薇可以通过阿里巴巴大赚一笔，他自认比赵薇的智商高，那么肯定也可以。A股、港股、美股，新爷超人一般以迅雷不及掩耳之势冲进了各个区域的股市，成功地诠释了什么叫“高位接盘侠”。连续亏损让新爷成了全公司的笑柄，二世祖居然这么二真是让下面的员工喜闻乐见。

新爷老妈头疼地说：“这些事儿千万不能让你爸知道，否则他一上火又脑血栓，那上次动手术花了几十万买的钛合金脑壳就废了……”

5

一时间，新爷陷入了全面的自我怀疑中。

“你们要笑就笑吧。”新爷咧着嘴，像被打扁的土豆。

那天是新爷组织的“单身趴”，他在酒吧包了一间房，主题是庆祝彭彭结婚。可彭彭没来，估计她根本都不知道世上有这么个“趴体”。爱情，没有没有；事业，没有没有；自己，没有没有！什么都没有。可我们真不知该怎么劝他，因为没有过一周换三辆豪车的经历，所以我们根本没法换位思考。他生来就是二世祖，别看他现在这么倒霉，看似做什么都不成功，可拥有的还是比我们多很多。

新爷喝得有一点点醉了，他说："彭彭结婚了，你们说我要不要再等到她离婚？"

气氛静默得诡异。

新爷见没人搭腔，又说："你们说我要不要叫几个小姐来助兴？"他小小的眼睛放着颓废又狡黠的光芒："我那些客户的儿子，都这么玩……"

堕落了，堕落了！我倒在沙发上眯着眼睛不敢看，难以想象之后的群魔乱舞。二世祖终会开启这种模式，不过早晚而已。就算是像新爷那样善良老实、清风正骨的孩子，环境一变，也会分寸大乱。

新爷正要打电话叫人热场，手被旁边的白猪按住。"不就是个女的，不就是几百万，你特么这德行，真够可以的！"他扬起手把新爷的脸从左扇到右，又从右扇到左，"枉你爸妈这么有钱，结果还是把你养成了孬种！"白猪声音很大，大得整个包间隆隆作响。

白猪，高考失利，在一所烂大学里成为学霸，最后去了波士顿留学，毕业后在证券行工作了很多年。他和我和新爷都是从初中就认识的。但他们俩密切得多，属于不做基友誓死不休的关系。有这份交情，主要是由于当初他们都是在大家眼里没存在感的学生。其次是新爷知道白猪家里穷，借他的钱从来不催他还。关键时刻，新爷还帮着白猪双挑那些出言不逊的同学。虽说后来被揍得鼻青脸肿，但也算是打小的“生死之交”。

生死之交一说完，新爷哗啦啦地哭起来。老大一爷们儿，又甩头又飙泪，比小姑娘还煽情。呜呜哇哇到最后，新爷冲上前，抢过麦克风高歌一曲《倔强》，忽然弄得大家很沸腾。气氛重新热烈。白猪过去，跟新爷并排坐着，他搂着他，就像搂他老婆：“女人呢，你得自己追，但钱老子可以帮你搞。不就做个对冲基金么，多大点事儿。”

经年累月，白猪聊起这出，也忍不住笑出声来。离职专门帮新爷创业做基金公司，他自己也是一点底儿都没有。但爷们儿的话脱口，就不能回头。至于为什么要舍身帮他，白猪一脸洪兴帮的江湖道义。

新爷和他得罪了骂自己穷的孙子。一天，新爷正在学校后门等白猪去网吧，那帮浑小子发狠阻截了新爷。新爷本是可以向白猪求救的，可他没有，还给白猪发短信说自己不去了。最后新爷全身挂彩，第二天都上不了学了。

“我以为是他爽约了。”过了很久很久，白猪才知道那是一种保护，“就冲这个，新爷值得。”

6

白猪出手，天下我有。他出来当联络人，果真做了一家小型的基金公司，这也是新爷名下第一个自有产业。基金有风险，投资需谨慎，我永远都不敢花大钱买他们的产品，但我看到他们的成果，也为他们欣喜。

新爷仍旧是那个新爷。

叫小姐的堕落之夜过去后，他又恢复了与二世祖圈子格格不入的操行——顶着小鬈头，穿着JACK JONES的打折外套，一周换三辆跑车接我们吃烤串。抱怨自己牌技如何的差，跟女生如何聊不到一起。旁人都笑了，要知道，他跟女生聊的可是最新的航天技术，这得是什么奇女子才能接受的话题啊！

他仍然被动地单身着，仍然是我见过的最没有励志情怀的二世祖，但我们都喜欢他——他不是薄瓜瓜，不是王思聪，不是任何被标签化的家伙。虽然他是富二代，可以穿金戴银但他没有，可以纸醉金迷但他没有，可以圆滑圆融但他没有。

他是彭彭的深情小王子，白猪肝胆相照的兄弟，更是我们的李咏和车夫。这些身份之外，最重要的是，他是新爷，是可以为自己代言的卷福！

伪文艺元气少女

木三："我想做个文艺女青年。可无论哪方面的文艺，我都没法做到。但幸好……"

1

素黑式的及腰长直发，有时蓬松地绾在脑后，或者拉毛梳成辫子安静地放在一侧的肩窝。淡妆素裹，用气垫BB营造零妆感的脸庞，懒一点的话，脂粉都不施。衣着偏爱棉麻质地，盘扣、刺绣、扎染或杨柳绉，充分表达材料的质感。鞋子或包包，从小集市淘来布艺或手工皮具，别出心裁，避免撞衫。手上抱着的书从不来自畅销书架，而是毛姆、博尔赫斯和卡尔维诺。如果要看电影，《变形金刚》《星球大战》《碟中谍》都在黑名单上，一杯红酒加冷门小众电影才是正确选择。喜欢望天凝视，在有格调的小咖啡馆里思考人生，摆弄多肉植物，穷游欧洲二十国。热爱诗词歌赋，发文时会顺便配上一张加lomo的图片。爱设计，爱手工，闲暇时间都奉献给了美术馆和艺术会所。另外，从不大笑，嫣然时整个人应该像红透了豆瓣的南笙姑娘……

打高中起，这就是木三心中文艺女青年的To Do List，也是她一直向往的个人形象。她说，A君、B君、AB君见到这款式的女生纷纷毫无招架之力。显然，A君、B君、AB君都是她的男神。

然而，我认识的木三，用的可不是上面那个模板。

以她的偏好和性格，读毛姆会发呆，看《2046》能睡着，养仙人掌都枯死，穷游经验为零。爱诗歌、爱设计、爱手工，但只限于浮光掠影的围观，如果自己上手，情况就太令人担忧了，毕竟这家伙老写出让语文老师头疼的作文，美术和劳动课成绩又总拖全班的后腿。也试过长发及腰、森女棉麻服的造型，可她一笑，石破天惊，嘴角全开，高兴了还会大力拍别人大腿，再讲几个让肥肉震颤的荤段子……然后，文艺女青年的外壳碎裂，女版宋小宝横空出世。

可正是这么个跟文艺三观不合的姑娘，却创办了个极端文艺的网站——伪文艺。

2

伪文艺低调现身时，韩寒还没开始办“一个”，简叔还没开始办“简书”，甚至连“知乎”都不存在呢。所以它显得非常特别，用户写着文艺的文字，上传文艺的图片，不定期地讨论些文艺的话题——其实也许都不够文艺，但没关系，它本来就叫“伪文艺”。

发现这网站后，我立刻注册成会员，并迫不及待地发帖造势。

为什么呢？大家也许不知道，作为一个在行内毫无地位的业余写手，要自我发展是很难的。别以为人人都能像韩寒、六六或《琅琊榜》的作者海晏那样一战成名。很多小家伙一本小说投稿几十家上百家出版社没人搭理都特别正常。此时此刻，看到点击量大且内容丰富的网站在招驻站写手，心头必然一动：说不定随网站的壮大，有着元老级别经验的自己，从中分杯羹也不是不可能的。

加入网站后，有个试用期。在这个试用期里，每周得更新三篇原创文章，然后等待编辑团队审核。惴惴不安后的结果很好，我的帖子时常占据网站的首页。我这么“红”，被邀进网站的编辑写手群也是顺理成章的事。入群时我还沾沾自喜，仿佛能看到以后自己一本书动辄几十万版权的未来。

可没过多久，我的幻想被打破了，因为我发现伪文艺的老大竟只是个在校大学生！当时心情无以复加，失望和惊奇分布在天平的两端——失望很容易理解吧？本指望受教于前辈，结果被小屁孩腰斩，忽然就有种“我不能红了”的感觉。可惊奇也确实存在，自古英雄出少年，到底什么样的姑娘能撑起如此特别的网站？

网站的老大木三，是武汉妹子。

即使只在线上聊天，她的形象也很浓墨重彩。她啊，就像我最喜欢的作者张晓晗的自我介绍，一生放荡不羁爱淘宝，零零后外加非主流，是整天上蹿下跳的火星人。木三自己也很困惑她为什么不能过朝九晚五平淡正常的生活，为什么时时刻刻屁股发烧、心里长草，连半秒钟都坐不住，好像灵魂一直都在信奉着“生命不息，折腾不止”。

3

伪文艺很漂亮。风格简单清新，首页上三篇大大的推荐；隔壁的论坛里粉丝们聊得热火朝天；再隔壁，每月还有伤春悲秋的网站杂志供人下载。

“你这么不文艺，是怎么弄出这么文艺的网站的？”每当木三和我喝咖啡，泼皮野猴似的把脚翘到茶几台面，一点没名媛淑女的风范时，我总忍不住皱眉问她。她毫无改过自新的觉悟，反而嘿嘿贼笑：“当时……不是为了泡男神吗？”

是哦，A君、B君、AB君都是资深文艺男青年。

A君是木三高中公认的才子，帅气、邪气、才气、志气、贵气一样都不缺。用接近满分的数理化成绩征服老师，然后用七律情诗和钢琴独奏征服初开的少女心。即使只是着统一的校服，举手投足却都是花泽类般的沉默优雅。A君不会跟其他男生混迹在烟雾缭绕的网吧魔兽，他的最爱是在三号咖啡馆听和旋写博客或看一部黑泽明。

话说这样的国民初恋当然不关木三什么事儿，尽管木三也曾穿白棉长裙和木屐走过教学楼那条有风的廊道装作和他巧遇，但她的金刚牙套、满脸的小痘痘加上小丸子式的西瓜皮头，令设想中的文艺邂逅变成了搞怪的画风。最让她对这段“感情”没底的是，面对A君的格调，自己常常无言以对：“虽然接不上话，但在他面前，我至少是个安静的姑娘……”木三咧嘴，这是她努力后的全部成果了。

相比A君，B君就没那么高不可攀了。尽管和A君一样，他也爱音乐、爱电影、爱酸到心坎的鸡汤文，但他的长相和成绩都无法像A君那般光彩照人。而且，他的沉默就是不会表达，而不是在适当时机三缄其口。B君以为自己是高冷小众的男神，事实上他只是同桌木三一个人的男神，在老师和其他同学眼里，他只是个自闭普通的男生。

可木三认为，假以时日经过努力的B君一定能成为A君。于是，B君上课听音乐，她帮他打掩护；逃课去看展览，她帮他请病假；考试不会做题，她给他递小抄……当然，这些付出，B君不懂得，或装作不懂得。高三上学期，班里新来了正值更年期的历史老师，自发现B君上课写日记的习惯后常常数落他，木三看不过去，回回管闲事，最后以老师扔她粉笔，她扔老师练习册告终。而男生，从头到尾都沉默着。

尽管如此，少女木三还是忍不住羞涩："他在夕阳下用吉他弹自己写的歌，忧郁的样子我实在难以抵挡，虽然那不是写给我的……"

后来，血气方刚又情窦全开的木三就没再去上课了——虽说叛逆如她很厉害，平时把大量时间都花在了各种兼职和塑造文艺女青年的形象上，靠自学成绩却比B君还高阶，但在家备战高考，是不是依然太草率了？

"你爸妈真想得开……"早恋Plus逃学，这事儿搁我身上，我妈绝对打断我的腿。

木三佯装弹弹衣服的灰尘："因为他们了解我有多机智。"

我受到了惊吓，但惊吓之余，又挺佩服这样的家庭教育：信赖、宽容、不死板，也许正是它，才让木三最大限度摆脱了应试的桎梏，在寻找自我的路上横冲直撞。

4

对，A君和B君都只是故事的铺垫，但也是他们决定了少女木三的口味和偏好。考上大学的木三认识了AB君，而创立伪文艺的真正目的就是为了拉近她和这位男士的——距离。

男士是预备码农，和木三同在腾讯的外围团队。

我能坦率地承认自己没见识，但当木三忆往昔峥嵘岁月稠时，我的第一反应确实是：外围团队，里面的成员是不是从事那种只要盘着白腿露着波光参加一次游轮聚会就可以在北三环边买套房的不正经职业；第二反应是，连腾讯这么牛的公司都要公然顺应这样乌七八糟不纯洁的娱乐潜规则，看来这世界真是混乱得要完蛋了；最后的反应是奉献自己循循善诱的教诲："木三啊，你作为大学新生，怎么能自甘堕落呢？"

"堕落你大爷的！"木三开骂，"外围团队，是给腾讯的产品做测试和推广的兼职啦！"据说，只要腾讯有公测，这些"外围"的小弟小妹就冲到各个论坛上发帖，扩散新话题和新项目，木三是这样与互联网结缘的，并因此意外地对今天热门的新媒体宣传熟悉起来。

AB君是木三的组长，巧就巧在两个人同在一个城市，大学也离得很近。

布置任务时，木三常和AB君在他喜欢的书吧接头。接触次数越多，木三就越心动。明明学的是工科，偏偏文艺得翩翩起舞。B君以上，A君未满，程度温厚自然，绝对适合恋爱。可她和他的关系，就只限于不多的兼职任务。一见钟情不行，日久生情则需要环境。所以当AB君抱怨，不能把时间都贱卖给腾讯，得有自己的创意，木三立刻谄媚地提出要创立文艺网站。

这想法果然很对AB君的路子，两个人说干就干。AB君负责搞定技术，木三则在网络上猎聘内容合伙人。文艺青年很多，不到两周就有“上钩”者。伪文艺的框架很快搭建好了，两月余内测成功，但网站的运营并没那么简单——

“得四处找用户啊，没用户参与，这网站跟个人主页有什么区别？”“要搞活动扩大影响力，可就我自己想辙，累死都没用！”“网页的维护需要精力和钱，你以为靠AB君一个‘程序猿’就够了吗？”“内容！内容！还是内容！没吸引力的内容谁来看？”“还有外联，我们也得打广告炒作自己吧？”

对这个网站，木三花了太多的心血，赔本赚吆喝的事情也干了不少：没投资人，笔笔开销自己搞定；没韩寒那样的名气，没法把这玩意儿弄得像“一个”那样火爆；没专业的内容伙伴，很多构架靠自己摸索。

最初，如此辛苦是为了和AB君有更多机会接触，在他面前尽情展现自己的风采，以便将之收为裙下臣。某种程度上，她成功了——网站开张大吉，他热情拥抱了她；用户过万，他酒后庆祝时牵了她的手；接到第一单广告生意时，他高兴得飞了个吻。

但后来，渐渐有了变化。AB君毕业，打算去北京发展，并想关掉伪文艺。他说，他一走，就没人为网站写代码，亦不会有人来修复Bug

了，“放弃吧，你撑不下来的。”可木三死活不同意，这时她才发现自己对网站的感情已远超出预期。

5

AB君走后，木三独自维护网站。正如预见的那样，过程异常艰苦。

写毕业论文时，木三边实习边要忙着网站运作，觉得自己快要疯了。那段时间，主编撂挑子，木三便接替她的任务，半夜爬起来审稿；主副程序猿纷纷奔前程，网站没人维护，木三只好花钱请临时工；谈好的几个广告单子撤到了另外的更有影响力的网站，运营费用没了着落……

然而就是如此，她还是全力把伪文艺弄得热气腾腾，因为对网站，木三还有所期待：“你知道，我想做个文艺女青年。可无论哪方面的文艺，我都没法做到。但伪文艺却帮我聚集了那么多有才的文艺朋友，读他们的故事，看他们的照片和插画，听他们讲自己有逼格的经历，我高兴，仿佛自己也变得文艺了。”

AB君也许会后悔吧？因为网站已有了几十万用户，有了固定的媒体合作，甚至出现过来收购的老板。“其实卖给他，说不定网站能发展得更久。”木三一直找不到合适的投资，而每一天都有更多的小清新网站涌现，来削弱伪文艺的竞争力。

“发展你二大爷！那家伙是开肉联厂的好吗？他就想买个现成的网站做宣传，卖给他说不定以后‘伪文艺’就变成‘真猪肉’了！”木三一点不后悔放弃这机会，她硬生生地推进着网站，搜罗着更多的文艺青年加入。不把这个网站过度商业化，是她的底线。

6

今年六月，木三毕业两周年。

她终于去工作了，毕竟不能全心全意地扑在一个刚好收支平衡的爱好上："养儿防老，我总要去赚钱的。"一间创业公司给了她新媒体运营顾问的职位，能被录用，伪文艺是重要原因。

"但我不会放弃伪文艺的！"她还在扩展网站的版图，用现在工作的经验给它更大的支撑。嗯。伪文艺确实还在往前走着。其间，她还帮我宣传了新书，在网站、微信、微博上都做了推广，获得了不错的效果，最后剩我对着陡增的粉丝热泪盈眶。

生活其实挺有趣。木三，一个学师范的少女，本应该去当老师的。她爱了三个文艺男，一心想做文艺女青年，却失败于毫无文艺的底子。可最终，她创造了一个最最文艺的网站，并因此找到了前进的方向。我想，这就是她的原力。The Force。

二哈夫妇

我：“我的世界肯定不会像大妈和Steve一样，毫无定数乱七八糟；我的爱人肯定也不会像Steve一样，孩童心性拒绝负责；我会靠谱，我的爱人也会靠谱，比他们俩都靠谱！”

绝对不异地恋！

这在我不多的人生信条里算是重要的一个。是，我信不过对方，其实主要更信不过自己。以我愚见，那种漫长年月的分离，超过百分之九十的概率关系都会出问题。什么“五二夫妻”“双城生活”，擦擦擦擦，开什么玩笑！还嫌中国的离婚率不够高是不是？反正我多半会因受不了冰凉的床榻移情别恋的……

虽然我做不到，对这种款式的恋爱也持很大的怀疑，但大家可别因此就不看好异地爱情。毕竟，确实有人成功了，比如大妈和阿史。他们异地了那么那么那么多年，从两城相望到两国相望，最后还能在一起，居然还把婚结了，也是让人又相信情比金坚这回事儿了。

不过，我还是认为他们这种都不靠谱得有点太离谱了的特例只可远观，禁止模仿。

1

去香港血拼时，特别赶在大妈午休的间隙见了面，私心里是想见识一下中环高大上的精英生活。也就是那种：全身Armani、Hermes的包包，闪着金光从玻璃摩天楼里冲出来，趁着只有一个小时的Lunch Time吃份薄薄的三明治，然后再端起大杯的星巴克往工位上赶的生活……

“您只有十八岁吗？真是想太多。”大妈吃着叉烧，目光如箭，如此回应我对精英生活的幻想。我回看她，满心委屈：妈的，老子好不容易来趟中环，你居然就请我吃叉烧饭？左右瞄了瞄周围破败的装修，差点喷死在这小巷中的港式餐馆里。用了好久才平静心神：“那个，香港怎么样？”

“不怎么样。”大妈又是招牌式的冷笑，“一言以蔽之，这个城市的主要价值观是钱，如果不追求升职加薪，那就等着被社会淘汰吧。”

听起来好可怕：“香港人也这么势利？”我知道她是办公室里唯一的内地人。

大妈勾起嘴角：“人人都一样。”

我默默低下头，感觉自己每天午觉都要睡上一个时辰且常常在上班时偷看小说的生活实在太可耻又太不上进了。

由于氛围过于阴郁，我就想活跃活跃气氛：“那……你老公呢？你什么时候回英国跟他团聚呀？”

我说完，抬头看大妈的表情，知道自己又不成器地戳中了雷点。

她叹气：“回什么英国！找不到工作，喝西北风吗？而且Steve也不在英国，他现在去了非洲做疾控中心的志愿者，不要死在那儿我都要念阿弥陀佛了！”我突然觉得大妈瘦了，侧脸的Size小了一号。也是，有这样放荡不羁爱自由的男人，想不瘦也很难哦。

后来，大妈匆匆忙忙地赶回办公室，还真的带我在楼下喝了杯星巴克。她顶着小S那种尖锐的发型，裹着黑色长大衣，消失在电梯厅里。我像朱先生看他父亲一样看着大妈的背影，由衷地觉得我也可以写一篇散文，开头如下：我与大妈不相见已二年余了，我最不能忘记的是她心不宽体却胖的背影……

2

按照演讲的套路，我现在应该说说我是怎么认识大妈的。但为了创新，我觉得我得突破一下，先说说大妈和Steve是怎么认识的。

大妈比我大四岁，Steve比大妈大四岁，就像一个轮回。

Steve就叫Steve，这不是他为了洋气给自己取的英文艺名。换句话说，他没中文名，因为他是生在苏格兰区的英国人。由于苏格兰区在口音上自成一统，所以尽管我们见过数次，而且几年前我的英文还不错，但也几乎听不懂他在说什么。后来大妈安慰我，说你不必觉得是自己的听力太不能见人，其实很多纯种伦敦人都听不懂Steve。

大妈是北京户籍的小留学生，高中就在英国读书。后在英读研时，邂逅了这个大龄男。其实也不能算邂逅。大妈和Steve是同学，且Steve每每上课都故意坐在大妈的身边，借个笔记、讨论问题什么的，现在回想起来，应该算是种追求来着。

Steve是极度浪漫又不务实的人，想做就做，从不管那么多——在即将变成大叔的年纪，才回学校读书，从头开始研究建筑学。可他之前已学了三年的基础数学，四年的水利工程。丫每次更换领域的逻辑都让人头疼，比如这回只是因为去西班牙旅行时参观了Gaudi的建筑就毅然决心成为建筑师。

据我分析，大妈最后接受Steve的主要原因，是她接触欧美的自由思潮已久，三观有了很大的变化，否则以国内的标准，Steve这样内心天真烂漫、行为飘忽的老男孩在第一轮海选中就被三振出局了。但大妈却深感他的可爱，认为简单成这样的男人肯定不会多坏。

隐藏在“萝卜白菜各有所爱”背后的本质原因，我想只有两种：

其一，互补。假设大妈是守旧又按部就班的女孩儿，物极必反，爱上如此浪荡的文艺男也相当科学。其二，认同。假设大妈自己也有颗不安分又天马行空的小心脏，世界那么大，找个男人一起去看看也非常合理。

其实答案很容易猜测，若非后者，我为什么要叫他俩“二哈”呢？

3

那我和大妈又是怎么认识的呢？

彼时我削尖脑袋进入了某高大上英国事务所工作，才待了半年，已见识过五花八门的同事：美籍华人、Gay哥甚至皇室后裔……但他们通常都来也匆匆去也匆匆。没办法，外企的员工就是这么任性。

又一次辞职潮后，办公室几乎空了，HR姐姐很痛苦地四处招人。某日下午，我见一名膀大腰圆的大龄女子和Boss进了洽谈室，以为应该是我们的候选Senior（Senior Architect，高级建筑师，外企里仅次于总监的职位）。彼时我瞅着旁边的空位，还发出幸福的感慨：大冬天的，终于有人到旁边来发热了。

嗯，这名女子，是大妈。

大妈入职后确实坐在了我身边。然而不曾想，她并不是Senior，反而只是和我一样的助理建筑师（最低级的职位，让我哭一哭）。最初不熟悉时，我总在猜，有的人也许真的只是长相比较“捉急”而已，可能也许大概……她也是应届生呢？呃，当然了，事实上并不是。后来大妈听到我这个猜想后忍住把我撕碎的冲动告诉我：“我不是早衰，我只是比你早生那么几年！”

听完我心里Duang了一声：比我大四岁，却和我一样职位？若不是转行从头做起，又不是来体验生活的，那只能说是混得太差了啊。可我总觉得，大妈不属于以上任何一种推测。首先，她没转行，何来从新开始？其次，跟她相处下来，我发现她逻辑清晰、人情练达，即使在专业上经验有限，可肯定也不会一直待在底层。再加上她有英国的学历背景，又和英国人恋爱，语言比我甚至很多留学读研的同事要好太多。好几次国际投标，胖子总监都指定大妈跟着去做翻译，因为只有她的口头表达才最英式。

So，这一切该怎么解释?

我没特意问过大妈。假如冲上去拉开采访的架势说“今天让我们来谈谈你为什么在职业道路上发展得如此缓慢”，那样就太傻缺了……何况就我这种几乎未形成清晰职业规划，三观还老在摇摆的人何以具备资格去问价值取向明确的她呢?

4

大妈是极有主见的女人。

她本科时就在一家咖啡店打零工，起因是偶然路过时，闻到了里面飘来的浓郁咖啡香。

“那和中国的山寨店铺或者商务咖啡完全不一样哦，刚烘焙好的咖啡豆简直美妙极了。当然，那家店的小糕点也是一等一的好吃！”大妈做此番描述时，张着星星眼看着空中，仿佛能穿越时空站在那小小的店铺里。凭着对下午茶文化的一腔热爱，大妈在那里作为Waitress工作了两年多，期间展现了各种优秀的品质，最终让老板决定升她做店长!

把一份临时工做到极致，也会开花结果，我不由啧啧称奇。但这样的犒赏对大妈来说却成了难题。毕竟，店长和服务员不同，前者要负责管理整个咖啡店的大事小情，自由度肯定不如服务员——得从早晨八点半工作到晚上六点，相当于全职员工了。大妈就要读研了，虽说硕士的课程比本科“水”一点，但也架不住这样朝八晚六。

她思考了很久，得到的结论是，必须休学做店长！

很疯狂不是吗？我想换成我或者其他很多人，不仅做不到而且根本不能理解。因在我们心里，研究生的学习比临时工的升职重要太多了。做人为什么要愚蠢地“捡芝麻丢西瓜”呢？

自然，大妈觉得我很庸俗，她鄙视满格地说：“你都不知道在咖啡店工作有多幸福！”

“我知道啊……”切，就跟我没在有逼格的咖啡店打过工似的！

“那，你以后打算开这样的咖啡店？”她带着善意的轻蔑，像在看没见过世面的村姑。

我认真想了想，还是觉得开咖啡店这事儿，太小资而且不着边际，肯定会赔得血本无归。人家不是说么，开咖啡店是继创业之后让中产阶级最快破产的又一方式。（虽然我还远不是中产阶级……）于是我果断摇了摇头。

大妈勾起悠远又缥缈的神情：“可我想。”

开间那样的店，就是大妈的终极目标。既然有好好见习的机会，又怎能放过？即便要推迟毕业，可与收获的梦想相比，简直小菜一碟。其实也正是这个决定，才让她恰好遇到了完成NGO项目回来读研的Steve。

“可你，还是在做建筑师助理啊！”我想说的是，她的梦想太美丽又太遥远了吧。

大妈对此无数次地嗤之以鼻：“我要说多少次，你才会明白，我是在攒钱呢！没有本金，开毛店！”她并不天真地以为多打两份零工就能搞定一切，只有匍匐在专业的道路上才能赚到更多的钱，虽然她对建筑没有一点爱。

而此时，大妈的男友终于放弃了做南丁格尔的愿望，来到中国找工作。没错，Steve这个神奇Boy念完建筑，在短暂的实习后还参加无国界医生的志愿者项目，作为男护士满世界飞来飞去。这个工作很好玩也很有意义，可就是没钱，于是靠大妈在中国的微薄薪水两个人很快就熬不过去了。这又一次印证了在没有资本的时候，只有做“专家”才最能吸金啊！

虽然Steve不是一流的建筑师，且实践经验也少得可怜，可幸好他长着张纯正的英国爷们儿脸，而很多皮包外企就需要外国人陪着见甲方，以证明他们真的有外籍建筑师做设计。后来Steve在朋友的介绍下，去了这样的单位，夫妇俩总算过上了正常人的生活。

5

不知让人作何感想的是，大妈和Steve都很不适合所谓“正常人的生活”。

大妈不喜欢建筑，所以整天面对屏幕上的图纸，让她十分厌倦，就算过不回咖啡店店长的生活，至少也不能如此蹉跎。而Steve，实在厌恶极了我帝都的雾霾，他觉得长留此处无异于自杀。而且“卖脸”

的生活更是让他忍无可忍，没有比在方案汇报会上笑僵了嘴却又根本不用说一句话更让人沮丧的了。很快，两个人就有了新动作：先是Steve决定回英国读文学，后是大妈成功斩获香港猎头的Offer。

得到这最新动态，我的第一句话貌似是："Steve这家伙，是不是太不靠谱了？"数学、水利、建筑也就罢了，现在还要来第四个？这是什么概念！

大妈很淡定地表示："他保证这是最后一次了。不过其实不是最后一次也没关系，大不了我养他呗。"

尽管我愿为这样的国民好女友点赞，可还得尽朋友忠言逆耳的责任："歪果仁我是管不了，可你你你，你也不靠谱，建筑师才干了几年，你就转行？不是说好要攒钱开店的吗？"

可我的恨铁不成钢基本没作用，大妈的答案瞬间让我无法反驳。她点点头，理所应当地："就是为了开店啊，猎头的工资是现在的两倍呢！"

"那，你们也不能随随便便就异地了啊，这样多么容易分手啊！"这是我最后的撒手锏。大妈和Steve曾中国英国地相隔两岸很多年，现在好容易聚在一起，何必再这么折腾呢？

"你不用担心，我们都结婚了！"大妈伸出左手晃了晃，明亮的光芒差点晃瞎我的眼，"Steve是天主教徒，没那么容易离。"

大妈就这样去了香港，Steve回到英国。

她偶尔会问我周围有没有朋友想跳槽，她可以提供资源的。他们又一次主动地异地了，但我总感觉大妈过得不错。也许是有些寂寞的，她走在香港的阡陌纵横里，呼吸着那城市叉烧般的市井气味儿，一个人逛Sasa，一个人听歌剧，一个去迪士尼。但那些为了开咖啡店做出的努力也是实在的，她随时都记得她想要那样一间小店，填满浓郁的咖啡香和精致的小糕点。所以她会抓住每次机会推销她的Home Made Cup Cakes（家庭制作的杯蛋糕），就像《破产姐妹》里的Max。

6

我在香港和大妈吃饭时，知道她已经攒了四十万，也许开店的日子，已很近很近了。而Steve大男孩，满世界乱飞，飞得累了，说不定就会停在大妈身边，像《血色浪漫》里的钟跃民。

有时候我也在想，当初我为何会那么言辞激烈地反对大妈做改变？为何又对她和她老公的每一次异地俗气地不看好？

大概也不是别的什么，只是因为自己很羡慕。

我不够勇敢，虽然也想成为那样的人，却始终迈不开脚步，于是为了让自己觉得舒服一些，就用不在乎和看不起来矫饰。我对自己说，我的世界肯定不会像大妈和Steve一样，毫无定数乱七八糟；我的爱人肯定也不会像Steve一样，孩童心性拒绝负责；我会靠谱，我的爱人也会靠谱，比他们俩都靠谱！

然而每次这样说的时候，就怅然若失，无比地。

基佬高材生

冯奔：“我除了喜欢男人，其他都很正常，而即使我喜欢男人，我也能过得非常幸福。”

几小时前，我读完了一篇微博长文，题目叫《今晚，收到了一封来自Gay的长信，我们沉默了》。这篇长文其实很早就发表了，只是我对信息一直不敏感。

文章的开头有这样一段话——“……看到康永哥泛紫开皮的嘴唇都在发抖，用力忍着眼泪说出‘我们不是妖怪’这几个字时，我心里就像被针刺一样，眼泪一下就涌了上来。一瞬间产生幻觉，好像坐在现场的是我，所有的一切都再也瞒不住了！我战战兢兢强忍着此前无尽的孤独和无助一齐迸发的巨大悲哀，对着所有人说出自己的秘密，好像把自己全身脱光曝于日光之下，好像从一场满头大汗的噩梦里面醒过来。但我始终没有经历过这样一个场景。那个所谓的‘柜子’，我没走出去过……”

那个场景出自节目《奇葩说》。节目中台湾著名主持人蔡康永于2001年“出柜”后首次开口谈“出柜”问题。

我不知在这里如此说明是否合适，好像有急于撇清自己的嫌疑，好像在用实际行动委婉地反同（反对同性恋），然而不是这样的。我想说的是，我不是Gay，无法确切体会那种心情，但看着看着，却真的有种想哭的冲动，无比动容。只因为生活中，也曾有个男生带着“还不如让我死了一了百了”的神情说：“我们是鬼么，我们愿意这样么？”自始至终他没哭。可那明明是盛夏，我却仿佛感觉到从他身体里渗出的冷。

那个对着我试图微笑其实五内俱焚的人，叫冯奔。

1

一直觉得冯奔这名字很带感。

他父母许是希望他成为腿长跑得快的人；许是希望他能脚下生风地把人生奔出一路风景；许是就简单到期望他的一切都有奔头。而冯奔也并没辜负父母的好意，他的腿真的长，而且跑得真的快。高中时他已完成了好几个青少年马拉松比赛，他可以选择加入省、市的青少年长跑队，也可以带着“体特生”的加分高考。而他毫不犹豫地选了后者。

刚开学，冯奔就很打眼。他长得太高了，脸又是那么的文雅清秀，艺术天赋与体育特长齐飞，一下就成了众多女生心中的男友候选人，其中最著名的爱慕者是教务处李大妈的侄女。侄女喜欢冯奔，喜欢到了如果不拿下他就不能幸福生活的程度。她追冯奔，采取的是狗皮膏药战略，到哪儿都黏着他：上课要坐在旁边，实习必须捆绑出行，哪怕是打扫专业教室的卫生，也得被分在一个小组……

侄女这样不管不顾我就要爱你的架势吓退了绝大多数情敌，长期矜持惯了的优等生少女都很难丢掉害羞的枷锁跟她血拼。她们看着侄女给冯奔送零食，对他暗送秋波并叫他“笨笨”，一边气得内出血，一边又很不能理解：为什么有人可以“贱”成这样？唯一让她们心生安慰的是，每场对手戏冯公子都不接招。

那时我还误以为，冯奔是为了把单身贵公子的形象保持得久一点以便造成奇货可居的印象然后钓到更大的鱼呢！

追求了半年，侄女越来越克制不住自己的脾气，委婉不委婉地告白了数次，冯奔没丁点反应。女同学们暗自高兴，他应该不喜欢她吧？但转而又暗自焦虑，不喜欢不能直说吗，难道他竟是个“四不”男生？

侄女又坚持了俩月，最后忍无可忍，于是有了那场世纪初放大招的告白。细节人们不清楚，只知道侄女逼着冯奔请她在香格里拉吃了顿西餐，到最后的红酒环节，劈头盖脸地就骂下来了：“冯奔，你瞎啊，你看不到我对你怎么样吗？是死是活什么意思你给个话行不，别特么老躲着我装大蒜头！”

后来听冯奔说起，我实在觉得这样的妹子真是不多见，直接、爽利、豪气干云，比那种泪眼蒙眬把人肩膀摇断却也不明白她到底啥意思的女孩强多了！

其实冯奔也这样觉得，“所以我才决定告诉她的。”他对她出柜，是想让她清楚自己并非不想喜欢她，而是无法喜欢她。然后呢？如果我们亲临现场，就能观赏到电视剧常用的梗——侄女把红酒泼到冯奔脸上，愤怒地一字一句："你当我是傻×吗！"哇哦……

侄女不相信冯奔，以为他把她当猴耍。其实这也不能完全怪她，虽然我们常常会开开心心地戏称周围的兄弟姐妹是基友或拉拉，好像一点都不反同，但很多人只是将之当作玩笑一场，并没从心里接受它。所以，当自己喜欢的人说自己是Gay，就像在说我是纳威星人一样，那么可笑而不着边际。

这事儿之后，侄女自觉受到了莫大的侮辱，成了全院的笑柄，于是大病一场，病愈后瘦成了牙签。大二结束，她申请了联合培养项目去了香港。她恨他，显而易见的。

果然是不能说的呢，冯奔伸出舌头佯装舔了舔脸上早已消失的红酒。即使到了中国最顶尖的大学，似乎也没人会理解这样的事吧！他像那个写信的少年，决心永远都不再走出柜子。

2

冯奔毫无疑问是直男，所有人都这么想。他穿着正常，说话正常，一切正常，每年的运动会更是成为他阳刚的加分项——这样的解读可真肤浅，道理等同于"所有的娘炮都是Gay"或"所有的中国人都勤劳"。

第一段被爱恋后，冯奔终于爱上了一个人。

这是他在大学的第一段恋爱，也是初恋。对象不难猜，是他朝夕相处的男同学。冯奔跟他从军训就熟悉了，他俩被齐齐选作国旗方阵的护旗手，因两个人都是同样的身姿挺拔、玉树临风。男同学住在冯奔对面，一个学院不同班，也在长跑队和登山协会里受训。此外，他还极其热爱游泳，在水中把结实的肌肉修饰得更加顺滑流畅。被强拉入伙的冯奔，第一次见到在泳池里快速翻腾的男同学就惊呆了，动若狡兔宛若游龙！而当他从水中爬起来，站在北京的阳光下，浑身的棕色如同抹了蜜糖般闪耀。

“那线条，真是……欸，我……啊……”冯奔每每脑补，都有不能自已的躁动感，情状就像直男看到维密秀。

我说：“你心动就因为他身材好？也太肤浅了。”

冯奔反问：“那你心动是为什么？”

我想了想：“让我心动的人，不仅身材要好，脸蛋也要好！”

冯奔冷笑：“你不也是一外貌协会的吗？”

有了红酒事件，冯奔不敢再造次。他对男同学有好感，却又怕吓到他。只好选择在旁边默默当他的好兄弟。对他而言，这是个很艰苦的过程。试想一下，男神每天都和自己一起换衣服、搓背，随时暴露出性感的胸大肌和私密地带，身体不肿胀简直都不正常。为了克服可能暴露的危险，凡遇如厕和洗澡，冯奔都故意跟男同学错开时间。他喜欢他，但他不敢。

如果男同学细心一点，他会发现冯奔的变化。可惜他并不细心，或者说他把所有的细心都放在了别人的身上。对，男同学也坠入了爱河，他开始猛烈地追求冯奔他们班的一个女生。冯奔知道后，烈焰焚身，却毫无办法。最开始，他痛苦得不愿见他，还是男同学来找冯奔共谋追女大计——

“你讨厌她？”他觉得冯奔的态度很奇怪。

“欸，不是……”

“你喜欢她？”如果是情敌，一切都能说得通了。

“欸，也不是……”

“你喜欢我？”听到这句，冯奔紧张得猛然抬头，瞥见男同学邪恶的笑容，方知他是在开玩笑。接着才感觉到冷汗满背。

“是兄弟，就帮我搞定她！”男同学都不知道自己提了个多么残忍的要求。

可最后，冯奔还是答应了。是啊，对方是直男，他永远都不可能爱他，那至少还可以做朋友吧！

3

正如大家所料，三个月后，男同学长驱直入地拿下了女神。

女神迅速接管了男同学的所有时间——三餐陪同是标配，护送上下课系每日必修，半夜得到小树林内卿卿我我，周末还要进行各种奇异的约会行程。结果，男同学沉浸于恋爱的幸福中，再也没法匀时间给“兄弟”冯奔。冯奔也不打扰他，“只要他开心就好”，后来听他这么说，我都快哭了。

男同学拼尽全力，却总也有无法周全的时候，而这种时候他就会拜托冯奔照顾女神。就算冯奔八百个不愿意，为了让好兄弟心安，也不得不和他的女神做手拉手的好朋友，谁叫他是男同学身边最靠谱的Friend呢。

总之，冯奔帮女神扛过东西，找过资料，甚至替他们夫妇俩占过座儿，叫他“全球最佳情敌”也丝毫不为过。后来我们常常在公共场合看到这样的搭配：男同学和女神甜蜜地走在一边，冯奔隐忍地走在另一边，整幅画面非常和谐温馨。

那个夜晚到来前，大家最不友善的猜想也不过是冯奔会神不知鬼不觉地给男同学头上种点草。

4

我说的那个夜晚，是女神和男同学第一次正式说分手。

分手的理由很无稽，是为了一个谎——男同学背着女神和其他人吃了晚餐，结果女神打电话问他吃没，他撒谎了。结果由于吃了双份，晚上肚子不舒服被送进医院。女神从医生那里知道了病因极其生气，觉得男同学今天撒了小谎，明天就会触类旁通撒更大的谎。

这可是初恋啊！就这么完蛋了？男同学在冯奔面前说得伤心，半打啤酒下肚，眼泪忍不住哗哗地往下流。

“女人的心思咋这么迂回，能从一次肠胃炎看出我们以后肯定走不下去？”男同学绝望地盯着冯奔，“你说她们满脑子都特么什么混蛋逻辑？”

冯奔也很绝望，自己在旁边当隐形人已经当了那么久，不就是想看到他幸福吗？可他最后幸福了吗？更要命的是，直到喝酒的这一刻，他还这么爱他，这才是最“魂淡”的啊！

喝完第二十四瓶，男同学带着烂醉的冯奔回宿舍。他早知道借酒消愁没用，因为从小泡在茅台里的他根本喝不醉。他望着冯奔，也许有点愧疚。这家伙，明明只有二两的酒量，却陪他喝到吐——这是男同学整个大学对冯奔最后的温情。

“……那时就是再也忍不住了。”

冯奔睁开眼，做了件他后悔了很长时间的事儿。他亲了他……

“然后，哈哈，我觉得他看到了个怪物。无比的厌恶，就像走在街上踩到了大便。”冯奔忽然清醒了，他觉得对方可能要在自己的生命里永远消失了。

他的感觉很准。男同学背他上楼，把他塞进寝室，就像塞垃圾一样。两周后，男同学跪舔着与女神和好了。他和她从冯奔旁边经过，余光都在传递着“你是埃博拉病毒”的内心对白。

男同学还回了早前借冯奔的书，他笃定：“我不是同性恋。”

冯奔点头：“我知道。”

他很决绝：“我不会喜欢男人。”

冯奔点头：“我知道。”

最后他冷冷又狠狠地说：“我真不能接受你们这种人！”冯奔僵在半空中，没点头。

男同学不是坏心肠，我想，他只是从没想过断背的情节会发生在自己身上，一时间无法接受。

可事情的糟糕不仅在于男同学的疏远。

好像是突然间，“冯奔是Gay”的消息像条剧毒的小蛇，游走完了整个年级。他成为系里一时无二的谈资。意味不明的眼光、难以捉摸的话语，更多的是自己明明小心地维系着柜子的安全却毫无准备地被暴露的惊惧，这些东西都几乎要了冯奔的命！

“别人会怎么看我，原来那些觉得我是阳刚爷们儿的同学，现在该怎么想我？”我想，最受伤的除了冯奔自己，还有那些一直把他当成梦中情人的女生吧？

然后，他像听到水声的深度狂犬病患者，拼命地逃离了熟悉的环境。搬出宿舍，像个正常的宅男似的整日深居简出。当别人问起，明明有宿舍你干吗要花那么多钱租房子，他总是用“舍友打呼我睡不着”这样无关的理由搪塞。大三的末尾，冯奔申到了瑞典的交换项目。就是在那个盛夏，他坐在我面前吹着北京的热风对我吼：“我们是鬼么，我们愿意这样么？”

然后足足一整年，我都没见过冯奔。

5

大四的暑假，冯奔回来了。我见到他，觉得他瘦了好多，但精神比走之前好了很多。

我很担心这是回光返照，灿烂的表面之下是可能玉石俱焚的危险。我哆哆嗦嗦地说：“你千万不要去跳楼、去割腕或者去嗑安眠药啊！”他笑我想象力过于发散。

“我没事。”

很奇怪，愤恨自己被全世界辜负的寒意，竟然消失了。我清清楚楚地感觉到他的放松。

“你咋了？”做为朋友，我开心这样的转变，也好奇其中的内情。

“我没咋了。我只是遇到了很多Gay！”冯奔的声音非常爽朗。

6

他确实遇到很多Gay。

斯德哥尔摩的小街道上，男人和男人牵手，女人和女人舌吻，旁观者视若无物或带着祝福的笑容。他们或她们在酒吧里旖旎，在公园中缠绵，在学校的小草坡上激情翻滚。没任何说教、责备或一丝其他形式的异样。同性恋和异性恋并没什么不同，原来取向有差异也能过得如此幸福。冯奔看着他们，惊诧且感动。

“对哦……你还可以出国。”我迟疑着，毕竟人人都接受Gay的状态我们的国家目前还远远做不到。

“我为什么要出国？”冯奔抬头。

我哽住，这还用问吗？

他斟酌着：“如果为这个原因出国，那仍然是种逃避。”

而我……不用再逃避了，永远不用了。

“因为，我已经对自己出柜了。”当他缓缓地说出来，夕阳西下，天空光芒万丈。

7

自己对自己出柜，是完全接受了自己。冯奔能做到这个，除了待在瑞典这格外包容的环境外，还经历了一件事。

他在瑞典巧遇了以前高中班里的女学霸。女学霸常年稳坐钓鱼台，是班里第一号种子，却在最后时刻高考发挥失常。她不像冯奔有体特加分，所以错失第一志愿。两个人已然很多年没见过面了，邂逅于异国的天空下，都是惊喜。当然，两个人惊喜的程度很不相同。女学霸于冯奔，不过只是同学；但冯奔于女学霸，却是第一次爱的人。没想过要再续前缘，但既然冥冥中上天又给了一次机会，不抓住恐会失不再来。

即使做了六年的同学，冯奔也迟钝地从未感觉到女学霸对自己的爱意，因此面对女学霸忽如其来的热烈很恐惧——太像了。他想到了几年前苦追自己最后却愤然离开的教务处李大妈的侄女。眼前的女生虽不似侄女一般豁出全部，但言语间却饱含着她那样的期望。又要再次造成伤害吗？冯奔很痛苦。

唉，这种艳福真是让我给跪了……

也许是被瑞典Open氛围感染着，冯奔对女学霸并没隐瞒那么久。就算她也会像侄女那样泼他一脸红酒，他也认了。不管怎么说，被人喜欢，是种幸福。如果不能牵手，还不如早点给出答案，让对方自由。

“所以，你出柜的时候又是在吃西餐，而且又喝了红酒？”一个人怎么能被同一块石头绊倒两次？我简直想不通。

冯奔显然无语：“你能注意点其他的吗？”

出乎意料的是，女学霸只是微微张开了嘴巴，而且很快就合上了。并没因得知自己爱了半天的男生是Gay而惊讶过度或暴怒成仇。之后她的神情甚至有点难过：“你什么时候发现的？”

“高二。”

“那……你当时一定过得很辛苦吧！”

那样深切的关心让冯奔眼泪上涌，那种感觉好像在茫茫海洋上流离失所了数年以为永远也不会靠岸时，却意外地盼到了对自己招手的渔夫。他告诉她所有事——发现自己对男生有反应的羞耻感、拼命保守秘密的痛苦、因不予回应而对李大妈侄女造成的伤害，还有对心爱的男生出柜却被他当成病毒，然后被所有人嘲笑的大学生活……

女学霸像知心姐姐一样听他讲着，在他因愧疚而哽咽时给予适宜的沉默，在他太过激动的时候陪着他一起哭。

其实当时冯奔有点怕她情绪不稳定地说出“即便你是同性恋，我也爱你到永远，我们结婚吧，就算你不喜欢我也没关系”云云的感言。如果真的发生了，他都不知该怎么回答。可这些都没有发生。万幸。

她说，换成高中时的她，也许真会像李大妈侄女一样的反应。但她在瑞典见过很多如冯奔一样的男生或女生，连她最好的朋友也是拉拉。渐渐地，她接受了，尽在不言中。

她问冯奔：“过了那么久，你对自己出柜过吗？”

冯奔一愣，What?

我知道她是想说，比起他人的眼光，自己的评价才更重要吧！折腾着、纠结着、分裂着，宁愿扮演着“正常”，终究是内心宁愿认同被文化塑造的规则也不愿把真正的自己的展露吧！怕被嘲笑、被奚落、被世界无情地唾弃……

但其实，这个世界，远远比他想象的要宽容。这是同样戴着有色眼镜的冯奔从未曾试图了解的。

8

冯奔和女学霸成了好朋友，也是在女学霸的鼓励下，他回来后和我们的辅导员老师深聊了一次。那本是个很保守很传统的老头，可听了他的肺腑之言后并没把冯奔当成怪物。

冯奔抽泣着疑惑：“老师，你不骂我是不是怕我自杀啊？”

老头大笑：“我带了那么多届的学生，有什么没见过啊？”即使是那些轻生自杀、双重人格、意外瘫痪以及各式各样的“问题少男少女”，他都觉得他们会是好孩子。“没啥了不起的！”

嗯，没啥了不起的。很多时候，我们不过是自己吓自己罢了。

世界上，确实有恶意毁谤者亦有嘴贱八卦者，但离我们最近的，与我们莫逆过的，对我们更多的是想也想不到的包容。冯奔不知道，他搬走后，他的舍友们都很自责，深怕他一时想不开，每天还轮岗抽查他的在线动态。他们很后悔没早点对冯奔说，虽然他们是直男，但他们不在意的。

冯奔回来后，没搬回宿舍。他说自己还需要一些时间来适应。但他不再囚禁自己，他依然参加社团训练，和哥们儿夜宵打牌。

有时他会回来看看他的朋友：“你别看了，我虽然喜欢男的，但不喜欢你这个男的！”

大笑之后，青春又回来了。

9

毕业后，冯奔去了海口工作。并不是要逃避以前的环境，就是喜欢那里永远都没有冬天。

他没故意出柜，但了解他的人都知道他的性向。面对异性追求，冯奔也会真诚解释，用她们能接受的方式。是的，坦诚，不见得对每个人每种情况都是好的。

也没过很久，他就有了新猎物，一个公司里人尽皆知的Gay。说到这个自己喜欢的人，冯奔很感慨很钦佩：“他比我勇敢多了。”

到了今天，他似乎终于完全接受了自己，似乎也比以前过得轻松多了。当然，接下来，他还有很多很多的挑战，比如如何对父母摊牌。“我得告诉他们，我除了喜欢男人，其他都很正常，而即使我喜欢男人，我也能过得非常幸福。”

这是冯奔最重要的指导原则。

The 3rd Avenue

不做典型“上班狗”

有一年忙项目忙得天地自成一体，工作日、休息日傻傻分不清楚，春节前终于拿到了奖金，然而还不到期望值的一半。和老板理论性价比，老板语重心长地教训：“你这么年轻，为什么老是计较钱钱钱的，为什么就不能为了梦想工作？”我望着他，在不知道出左勾拳还是右勾拳之际，忽然想到了一个段子：不要问我为什么不为了梦想工作，因为我的梦想是不工作。

后来我觉得，也不是想真的好逸恶劳地彻底不工作，只是不想要这样按部就班地工作：专业对口，前景尚可，上班下班，拿一份永远都不够用的薪水，然后等着论资排辈升职或者猎头挖角跳槽……唉，真的太典型又太无趣了！有时候内心的小怪兽会跳出来撩骚我的神经：只要饿不死，辞个职又怎样？去铁马金戈肆意闯荡，去天马行空人生豪放，说不定最终会创造所有人想也想不到的轨迹呢？那谁，那谁谁和那谁谁谁不都是这样的吗？

然而，我谁也不是。

这样不够安全不够稳当的生活也许并不适合所有人。但每每当我从同一间办公室的同一个窗口看窗外的星沉月落时，小怪兽就又出现了，它带着“早知如此何必当初”的嘲笑对我说：“明明希望和他们一样，青春奔腾和人生丰富，偏偏那么胆小，所以你什么都做不了！”

■ 毕Sir失业后

■ 草根创业侠

■ 排毒是我的终生事业

■ 带一百只汪去旅行

■ “北漂”3+1

■ 爱情猎头

毕Sir失业后

毕Sir：“人生这货，有时候你没法计划，因为它根本不听你计划。”

1

毕Sir失业了。

这消息是从同学的同学的QQ上传播而来的，可见世上着实没有不透风的墙。

其实失业也不算什么大事，毕竟不要说失业了，这世上就连失身都隔三差五地发生。于是得知来龙去脉后，我本着“老子也见过大世面”的态度，在中午人头攒动的食堂里，轻描淡写地告诉了周围两个铁杆“吐槽盟友”。

结果十分出乎我意料——

炜哥因过于惊奇，不幸呛了口变态辣的牛肉面汤，恶心地吐了一桌，还持续不停地咳嗽。弄得比邻的食客纷纷朝我们投来鄙视的眼神。场景一时极为尴尬。阿浩忙不迭帮炜哥料理“后事”，手脚并用之余，压着嗓音道：“我想炜哥的意思是，‘这不可能吧？如果你们学校的都失业了，我们这些草根还用出来混吗？’”

被好基友戳中了红心，还在咳嗽的炜哥满头乱摇表示同意。

阿浩说得对。大家普遍认为，无论股市如何动荡、经济如何萧条，当年站在求学金字塔顶端的我们是不会失业的。这种低级又让人不屑一顾的状况，缘何会发生在这些“高材生”身上，这不是开玩笑么？！但我想反问的是，难道因为上学时成绩好点，工作时努力多点，就永远不会面临收拾东西走人的局面吗？

回答已经很明显了。

2

毕Sir在某个夏天的早晨走进已待了两年的办公室。那间他熟悉的办公室在城市最中心的5A办公楼里，占据了高区一整层，风光不是一般的好。它一如既往的整洁、明亮、有范儿！

毕Sir放下东西，打开电脑，接着和项目组的同事一起去开例会——这是外企的惯例，在所有工作开始前，花上二十分钟理清脉络，提高整天的效率。不过出乎意料地，这次主管却没谈到他们手上正在进行的投标，反而开辟了新话题。他先用两三段“大家都很努力、辛苦，做得也很好”什么的做铺垫，然后笑得让人毛骨悚然，之后就告诉列席的员工：“嘿嘿……那个……由于我们公司在大中华区的战略稍有调整，我们这组不幸被裁了……”在小弟们震惊的目光中，他摊摊手："Relaxed，including me（放轻松，我也是被裁的对象了啦）！"那表情就好像在对人说，这下你们开心了吧？

……

请别质疑这画面有多么不合理，或者这主管说话有多么不委婉，行为有多么发神经！作为第N个道听途说的家伙，本人如何能得知准确的内情？所以以上这些也都是猜测，毕竟我得到的一手资料只是：×××，我告诉你现在市场环境有多不好，外企都落魄得要裁人了。你看毕Sir就是啊，可怜他在早会中知道他及他所在的整个组都被解雇了……呃，我去。

毕Sir的组长口中所谓的"公司的战略调整"，大Boss的原话是："将来，我们这个Department要往小型、精品、创意的事务所发展，即使只做商业设计，也要做得更加走心！"那什么，我来将这无比崇高的企业目标翻译成白话——将来，我们已经不可能像以前似的，能接到事儿少、人傻、钱多且肥得流油的大项目，大家未来几年能折腾的东西只能是些小规模的建筑，也就没那么多设计费来养你们了哦亲！

总之，晴天霹雳。

外企的办事效率之高，让对整件事还没完全反应过来的毕Sir在两天内就收拾东西滚蛋。当然，他在滚蛋前拿到了数额精确的结算单：包括当月工资、加班费、遣散安慰金还有一些来路不明的人民币——我屡次揣度这细节，觉得哪里是传说中的"突然裁人"，分明是鬼佬公司早有预谋！

3

知道了毕Sir这宗变故，我变得非常想知道他之后会如何对待生活。失业不像辞职：辞职是主动的，而失业是被动的，就像分手和被甩，前者大概只有淡淡的忧伤，后者却带着重重的痛苦。那么，毕Sir呢？请问他是豪饮一翻重装上阵，带着两页简历奔走上海滩，还是自暴自弃、自怨自艾，在出租房里躲成精神病？我像期待连续剧更新一样，无耻地等待着他的Next。但在这里，我必须解释解释，其实这份无耻中也还泛滥着人性的光辉，因我确实担心过他会挺不过去，不小心让身体和精神双重沦陷，毕竟，毕Sir是那样淡淡的弱男子啊！

毕Sir确实弱不禁风。

身高同宫城良田（这位《Slam dunk》里牛上天的后卫，估计零零后什么的都没听说过吧），体重不过百，黝黄的皮肤又增添了整体造型的紧缩感，显得十分消瘦。这种瘦，不是叶问或李小龙那种由于长期练武练出的“瘦是瘦，有肌肉”，而是宛若文弱书生抱恙已久的那种“走十步偶杨柳腰会折”。

据我猜测，正因如此长相，毕Sir在神韵和操行上就必须“淡淡”一点，以彰显其与众不同。例如，在大学里毕Sir从不跟舍友们联机，他的硬盘上找不到一款热血游戏；也拒绝参加一切大球（足球、排球、篮球）运动，连体育课选的都是太极拳，估计是害怕身体冲撞；反倒加入了文学社、话剧社、古风学社及一些我闻所未闻的学生社团——男生如此文秀，也被奉为奇谈。

窃以为极端热爱文学的哥们儿十有八九都长着颗玻璃心，毕Sir就是最典型的，无论过了多久我也不会忘记他在本科著名的“大雨夜表白事件”。

那天晚上北京下大雨，势如瓢泼。而毕Sir却在这时候去告白。大约是参照了戴先生那首经典的《雨巷》，毕Sir撑了把油纸伞，走到心仪的女神所在的宿舍楼下，拨通号码对着手机吟诵情诗。他叨叨叨半天，女神终于下了楼。毕Sir深情地拿出一副写满小情歌的扑克（天哪，上面五十四首我没读过估计也根本读不懂的长短句）送给女神……

然后，当然没什么然后！这场极致“浪漫”的告白后，女神只好把本来委婉的拒绝表达成非常清楚明白的拒绝。由于措辞过于赤裸裸，导致毕Sir心都碎了，只好把“单身”生涯持续了整个大学生涯——汗颜的是，我经常在写东西的时候使用毕Sir这个例子，讽刺那些只注意形式、既不了解女生想法又不够帅的文艺男青年。

尽管初恋失利，但毕Sir的桃花运却一直不错，陆续有文艺女青年过来示好，只是她们颜值略有缺憾，被毕Sir一律毙掉。直到本科毕业晚会那天，毕Sir还沉浸在自怨自艾中不能自拔。表演结束后，大家去北门外吃散伙饭。没人灌毕Sir酒，他自己却喝醉了。最后被人扛到旁边的沙发上和某某瘦胸女并排着睡在一起……睡到半夜，瘦胸女醒来，冷不丁牵住他手——如果换成平时的毕Sir，哼哼，肯定早因贞洁受到侵犯而跳起来大吼“男女授受不亲，你我死生不相见”哔哔哔哔什么的……但，这次他没有，也是太醉了。瘦胸女一手牵着他一手拍着自己的平胸，幽幽地说：“如果你和我到了明天这时候还没谈恋爱，就结婚吧！”

结果……第二天他们真的就决定结婚了！我去……要知道整个本科他俩都没说过话，居然说了一句话就莫名其妙地闪婚了——尽管这跟我要说的故事主线完全没关系，但联想到后来发生的种种，我不由得推测，也许上天就是要毕Sir在各方面都成为传奇……

4

回到之前我的问题，面对关乎生存和尊严的失业，毕Sir，这位满腔设计理想还曾贷款到美国留学的青年该何去何从？大约六十天后，我从同一条“喉舌”那里听闻，毕Sir作为原著编剧，正在参加一场爱国抗战舞台剧的排练。

编剧？抗战？舞台剧？开什么国际玩笑？震惊中的我赶忙搜罗毕Sir社交网站的动态更新，果然看见他分享中的海报——虽说导演和演员没一个让我叫得出名字，但作为向往进入文艺圈的搬砖工，我还是深深地折服于这神奇的跨界。

转行或跨界，类似举动在我大建筑系并不鲜见。早年有师兄组队唱歌，实力加运气唱成明星；后来有关心时政者跑到社会学系，研究天下大事也研究成了一代名流；当然为了前途和钱途，更多的人投身金融，在高盛或摩根斯坦利工作的也不少。这几年，创业的口号喊了起来，耐不住寂寞又敢于折腾的校友又吆喝起了互联网O2O小商业——做游戏的有，做果汁的也有，项目真是花样繁多。不过，转而去搞文学的，除多年前的大角潘海天，真是凤毛麟角。

说来也巧，毕Sir在失业的前两年接到学校文学社和话剧社的邀请，参加了校友剧本大赛，大赛的主题是描写民国时期的爱国运动。作为两个社团的中流砥柱，毕Sir当仁不让，他把以前在学校里写的东西按照要求改了改便提交上去。无心插柳，却一杆进洞，毕Sir居然斩获特奖。本来只是场高校竞赛，关注度不高，奖金也不多，没想到后来毕Sir的剧本竟被大赛的主办方看中，说其中有难得一见的政治觉悟和铮铮风骨，不搬上舞台简直可惜！

后来该剧导演跟毕Sir联系，希望原作者能参加该剧的排练。那时毕Sir忙着画图建模，没办法为了爱好整天告假，于是便拒了。如此，毕Sir心里也觉得可惜。谁知人算不如天算，老天竟以失业的方式成全了他！

忽然间，毕Sir的生活被填充了大量新鲜的事物：和导演一起想人设，和演员一起改台词，和美编一起揣摩场景，和公关一起润色阶段性海报……他不仅不无聊空虚，甚至比失业前还要忙碌和丰富，这种状态让他实在没时间独自关在小黑屋里面壁思过，“忏悔”自己为何丢掉了工作。而且最后，他还拿到一笔不输于工资的版权费——这变化真是让人无话可说……

隆冬，毕Sir的舞台剧在北京演出了好几场，可惜山远水远的我无法亲临现场。不过留守在帝都的同志们几乎都去光顾了毕Sir的处女剧。他们说除了情节看不懂，主演不偶像，配角太恐怖，台词略跳帧等小小瑕疵，这个剧获得了巨大的成功。无论从哪个侧面都无法掩饰毕Sir深厚的文学功底及大学里长期打拼文学社的风采宛然！

舞台剧结束后，毕Sir也该“回归正道”了，其实他都准备好了作品集，在四处托人打听有没有合适自己的职位。然而就在此时，由于上部剧叫好叫座，他接到了第二个剧本的邀请。于是找工作的计划一再被搁置，搁置到最后，竟然化为乌有——毕Sir竟决定留在“文艺界”，不再做建筑师了！

5

这看似缺少逻辑支撑的决定就像指甲划过黑板似的，吱地一声，划破了主流的三观。很多看客会想：难道在酒吧里偶尔唱红一场就能当明星了吗？笑话！放着好好的专业不做，走什么旁门左道！但我和我的小伙伴们却都知道，他们有这样的想法，还真是不了解当今的地产界有多惨淡！

其实，裁人的公司并不仅仅是毕Sir一家外企，就连号称“铁饭碗”的国央企，也在想方设法地给员工减薪。如此行情下，女员工大多集体生孩子，男员工则焦虑地望着沪深指数，更多的人在四下找副业。很多公司连应届生都不招，这时想要再找一份如同当初的工作，难度系数大得不是一星半点。

业内人士都知道建筑业到了“寒冬”，但人人却都不知道这样的“寒冬”还要多久。大多数人，比如我，之所以宁愿躲在行业里瑟瑟发抖也不肯突围闯天下，多半是从前过于专心于学业，真真不了解除了这个自己还可以做什么。如果大家都像毕Sir一样，因上部戏接到新的编剧邀请，从而可以到全新的行业发展，那么想试一试的人应该不在少数吧？

从幸灾乐祸到羡慕嫉妒恨，我开始觉得也许失业这件事，变相来说是件好事。这个结论听上去没谱，但很多人确实缺少改变的契机和勇气。比如我们公司的一个秘书妹妹，她很讨厌秘书这个职业，常常感觉工作琐碎且没发展前途，每每跟人讲起，吐槽简直停都停不下来。但尽管她如此愤恨，却一年又一年地继续做下去。问她为什么不换个职业，她的答案却永远是“我也不知道自己还能做什么”或者“万一换的工作比现在还要差怎么办”……

最近跟她见面，她忧心忡忡地说建筑公司这么不景气真害怕被炒鱿鱼。我忽然就想到毕Sir，于是安慰她：“其实，你要是真被裁掉就好啦，说不定还可以发现新世界！”她瞪大眼睛，表现得十分惊恐。从她的表情里，我知道百分之九十九的可能她已经在心里骂街：老娘找你安慰我，请问你这有点安慰人的意思吗？

天知道，我以我的性别发誓，我真是好心好意！她只不过是不敢，又没被逼到“绝境”上，才如此得过且过，任自己变成温水里的青蛙。可这么明日复明日，明日何其多？总有一天，会作死地真的让自己动弹不得。与其如此，还不如有人推她下悬崖，说不定还能学会展翅高飞。

嗯，可能她不会明白，因为此后她再没约我吃饭……

6

光阴荏苒，一晃又是一年。

年末我鼓起勇气问毕Sir，如果想转行，现在合适吗。已正式加盟文艺圈的毕Sir答非所问，给了个二维码强迫我扫描。我才知道，他又玩起了自媒体，和新浪微博签了约，现在又有了自己的公众号。我不情不愿地截图给他看，证明我真的Follow了。他才贼兮兮地给了我一点“干货”——

他说，失业的打击还是挺大的，刚被裁的时候信心几乎全灭，但好在被裁的不只他一个人，更好在可以让他有机会成了二线编剧，莫名其妙地跟以前小时候的理想近了一步。直到真的跟了剧组他才发现，世界上好玩的东西太多了，不只一个建筑设计。在他的影响下，他那个还在做建筑师的瘦胸老婆已经决定要转行干留学咨询，以帮助更多想出国看看的小朋友。

“那……你还会回来当建筑师吗？”我想了解，这是不是一种冲动。

毕Sir的回答是他自己也不知道。现在的他只是越发清楚自己想要的只是去表达，而不用拘泥于某个固定的形式。他发送了个半角的笑脸符号，“You know，人生这货，有时候你没法计划，因为它根本不听你计划！”

草根创业侠

博子："从来没顿悟这回事，天空的雾霾不会在一夜间就退散。"

博子回来和我们吃饭，他离开这座城市已经三年了。这次算得上荣归故里，所以他一扫往日阴郁，眉飞色舞。

拉到风投的人，就是牛!

兄弟们端着纯生祝贺他，其中一人扯着嗓子吼："博总，苟富贵，勿相忘啊！"

博子大手一挥，假装谦虚："富贵个毛，才两百万，而且那钱又不是我自己的。和人家FACE的哥们儿（北京旷视科技有限公司旗下的新型视觉服务平台，旨在提供简单易用、功能强大、平台兼容的新一代视觉服务——源自搜狗词条）怎么比！人家IPO估值可是二十亿！"尽管他这样说，但我们还是看得出他的得意。那种得意，是扬眉吐气，也是"几年光阴终不负我"的欣喜。

我谄媚地往他身边靠了靠，又靠了靠，心想绝对不能放过一切和土豪做朋友的机会！

1

博子是位创客——在这提倡“大众创业、万众创新”的年代，创客就跟麦当劳分店一样简直不稀奇。其实最开始他说要去创业时，周围朋友一致认为他绝对有毛病，放着好好的“铁饭碗”不要，非去追赶虚无缥缈的创业大潮，多么不靠谱。当时我还目光短浅地放了厥词，说咱们这种普通人家的孩子，做人做事一定要脚踏实地别务虚。

可不是吗，博子是我们的校友，专业是核物理。这个专业虽说听起来很不合群，但学成归来也是个高贵冷艳的科学家。况且放眼整个中国，我校的核物理封第二，就绝不会有高校敢冒出来说自己是第一。也就是说，博子算出身“王牌学科”，前途必然可以有。

博子研究生毕业后就去了核研院，很多人这时候会发出“原来如此”的叹气声——怪不得博子放弃安稳不要，蹲在那种机构肯定一定必定是会被发配山区的呀！电视上不都这么演么，因工作内容充斥着国家高度机密，所以科学家工程师必须待在远离人群的荒郊野外。就算地位崇高收入不菲，可又有何用，距离大中小城市几百公里，单位包住包吃，周围连根毛都没有！

拜托，请停止这种无稽的联想吧！我得说这都是什么年代的眼界啊！就我观察，博子这个科学家当得很舒坦，公司不仅就在市中心，对着一座巨大的来福士，朝九晚五还不加班，除了不能带手机入内把玩以外，根本和一般企业没什么差别！要非说有什么差别，我想就是他们单位的福利能够秒杀百分之九十的企业！

然而，科学家博子不知抽了什么疯，踏上伟大事业的征程还没多久，就撤回来说要创业。据说是受了FACE创始人的刺激，眼看当初在同一间厕所撒尿的兄弟飞黄腾达实现梦想，他却还干着不知是不是自己真爱的核电设计，大脑皮层迅速天翻地覆！因理由过于“肤浅”，朋友们都嗤之以鼻，后来劝过他多少次也都记不清了。

无论是温纯地告诉他不是谁都能创业，还是理性地分析创业有多不容易，七个人中才会成功一个，又或是疾言厉色地批评他：你特么又没创业本金，除了向家里伸手还能从哪儿募资，综上所述，现在创业就等于提前啃老……最后都被无情地就地驳回。博子不知道从哪里产生了这股近乎野蛮的坚持，坚持不走寻常路，而且一走就走到了黑。

2

于是就这样，博子开始了他的创业生活。

话说，他的创业主题囊括了五花八门和稀奇古怪两种特质：包括做私家快递、健身App、有机蔬菜果园还有什么汽车清洁服务……各种正常的我根本无法明白，他到底是怎么想到这些东北乱炖似的花样呢？还好，虽说主题次次不同，结果倒回回一样：每个最初号称能够建立起“伟大帝国”的项目，都以赔光本金最后差点连房租都付不起而告终。

对无数次的失败，他有句名言——做项目就像生孩子，怀是怀上了，可惜最后流产了。

OK，现在我们来简要回顾一下博子的创业历史。

他的第一个项目是在五线城市做快递——这个很好理解，即便像圆通、申通、中通这类财主型物流，总还有无法兼顾的偏远地区。而博子就是抓住了这样的漏洞，想在小地方分一杯羹。他的初衷是霸占四五线城市，让网购离不开他。

然而现实的现实之处在于，偏远地区的乡亲父老可能对物流的需求真心不大，三个月里他接到的订单还不够付快递小哥的工钱。有阵子他也豁出去了，借了辆摩托御驾亲征，就当微服私访，体验属下生活呗！不过……亲征了很久，财务状况也不见起色，也怪他倒霉，好容易签了个大单子，结果到要收账的时候对方老板跑路了，最后博子只好丢盔弃甲滚回来。

朋友们个个都是一副先知模样，对他痛心疾首语重心长：你这倒霉的熊孩子，早告诉你不行，你不听，现在玩脱线了吧？该！博子端着黑啤缩在角落里，跟孙子一样猛点头，表示没听兄弟姐妹的劝是他脑子被飞机撞了，从今往后必定痛改前非，走上群众推荐的康庄大道！

可是！但是！结果是！吃掉烧烤喝完酒，沉寂两三周后他又在创业板呼朋引伴冲锋陷阵了。

他第三次赔光后，我以为他也该消停了，毕竟事不过三嘛！但有些事无法预料，有些人就是不按常理出牌。才过了不到一个月，他又开始跟我大谈特谈自己的新想法。我对他这种宁死不屈、百折不挠的小强精神真是跪了……

我问：“死这么多回都没死彻底，你是怎么做到的？”

他很淡定：“连马云创业都失败那么多次，我又算什么？”

这类比实在让人感到无语，又让人想骂街。我必须无情地揭露事实的真相：“可你不是马云耶！”

“我知道，”博子笑笑，“但我有样东西和他一样。”

我上下观察他几遍，讷讷地得出结论：“你的意思是……你和他有同样的颜值？”

这下博子终于无语了：“我的意思是……我们都是能Hold住失败的人。”我心下咯噔：难道这竟要发展成一个励志故事？博子说，他有过刻骨铭心的挫败感，在刚上大学的时候。与那种一天想切腹五百次的心情相比，现在遇到的窘境其实根本不算什么。

而他的那段时光，我大致是听说过的。

3

博子从小便是优等生，小升初、中专，所有的考试没出过前三，高考亦是他们省的榜眼。他顺利地进入了中国最好的大学，没有之一。博子拖着行李到北京的时候，可以说是满面春风，要一展宏图，要与众不同，要广阔天地大有作为！可惜他实在高估了自己，像他这样的人在我们大学遍地都是。有句话说得好：假如主楼掉下块砖头，砸死十个人，说不定其中三个都是省状元——这就是真实的情况，不炫耀，也不夸张。

进入大学后，博子发现自己所有的光环像缓存遇到了360，瞬间被清空。

在来自全国各地的顶尖学霸学神中，他再也没了优势——任何优势——他宿舍躺着的其他仨哥们儿，一个是全国数学物理竞赛双料金牌，做高数作业那叫神速，略略扫一眼题目，答案立刻K.O；一个是本地少年班的，进大学的时候才十五岁，整个人都还没发育完整；剩下的一个，虽也是高考进来的，但除却同样高的分数，人家还是国家二级运动员……

每天生活在这样的环境下，博子都要疯了。第一学期的GPA下来那天，博子点开排名页面，顿时觉得很荒诞。呵呵，他居然扫尾了！扫尾是什么？他在过去十八年里从来没概念。真的去死的想法都有。

嗯，我当然能理解那种心情。那种仿佛被夺取了所有荣耀、所有骄傲、所有存在意义的心情。我和他是一样的，遥想一年级的微积分课，我从下午两点到凌晨两点一直在做作业，就是有几道题想不出来，可优等生的骄傲让我不愿问他人。在应急灯惨白的灯光下，空中的微尘都清晰可见。周围隐隐的鼾声，令我绝望极了。后来很多次，我都明明白白地体会到那种输得彻底的心情。想必博子也是。

都是赢惯了的人，赢惯了的人往往都输不起。

当然了，我说过，博子是个优等生。优等生的特点是没那么容易放弃，长期良好的成绩让他们深深相信一次考试失败不能说明什么。所以第二学期博子奋起直追，他起得比鸡早睡得比狗晚，用一切可以学习的时间学习，向中国最牛学霸挺进——如果那时我认识他，一定颁朵“爱学习小红花”给如此劳模的他。

我想，假设以上一切的努力可以兑现，也许博子就不是今天的博子了。

世界有时就是这么残酷，根本不好好创造所谓的公平。对于某些人来说不努力便可以有收获；而对于某些人来说，努力也不见得有收获——这感受对第二学期末再次看到成绩的博子来说简直不能再深刻。其实，他的确进步了。半年的努力让他成功地摆脱了“最强扫尾梯队”，进阶到“学酥的第二扫尾梯队”，可那点上升的名次和他预想的目标比起来还不够塞牙缝的……

按照后来成功创业言语翻身的博子回忆，努力耕耘却依然不能改变命运，这次是被打击得太彻底。然后他就像那些感情失败的少女、投资失败的老板、偷渡失败的难民，彻底“堕落”了。收起了所有奋发图强的小宇宙，默默地接受现实，安静地成为一粒“基宅男”——对对，就是那种宅在宿舍搅基打游戏的颓废Boy。据说，人生最荒芜的时期，博子差不多九十天没出现在课堂上。自然点名全灭，课堂作业全灭，临时测验也全灭。

博子这段历史让我感慨颇多，其中最大的关注点是，“欸……这么说你是肄业生？”问完便被博子狠揍一顿。被揍完后，我非常委屈。我特么像是那种歧视肄业的“魂淡”吗？人家盖茨、乔布斯、韩寒，不都是没拿大学毕业证也成就了一番大事业吗？

于我如刀如剑仇视的目光中，博子终于叹气：“我跟他们不一样，当时的我并不是为了更高级的理想。我放弃只是因为我脑残，输不起。”

“你说的不对。”我摇摇头，有所悟，“你的脑残应该不是从那时才开始的哟！”

……

4

然而，博子终究是幸运的。

在脑残得挂了一科再脑残就有不能毕业之危险的时刻，菩萨开光，让他突然醒悟过来。不过万事开头皆有因由，这件事还得感谢另一个草根。

博子大三，正是闲得蛋疼的时候，莫名其妙地被以前和他一起打游戏的“基宅”师兄拉进了一支创业团队。团队共计五口大活人，一间次卧租赁来的办公室，坐标就在学校东门的老小区里。他们做的是团购网站——这项今天已被美团、糯米还有大众点评三分天下的创意当年还鲜有人问津，所以团队里的人做着春秋大梦：如果我们能像三国杀那样，一炮而红就好了！

我不想黑博子，但这是事实。作为一名核物理专业的学生，艺术修养不及美院的，编程比不上计算机的，营销策划更是见笑于经管的同僚。所以博子在这个团队里基本作用如下：其一，凑人头（毕竟五听起来更像个整数）；其二，做秘书（每天订个外卖、收发快递什么的）；其三，后备军（作为板凳队员辅助各项流程正常开展，比如作为“人肉推广员”在大马路边晃来晃去，贡献自己过剩的青春热血加体力）。

这么总结起来，博子基本算编外人员，尽管如此，他依然能目睹创业的艰辛。他说拉他入伍的师兄非常辛苦，白天去中关村找风投，晚上回来盯着大家写代码、做交互。这样的生活持续了半年，然后……“然后他们红了？”这样都不红就太浪费胶片了亲！

“然后……然后他们没钱了。”博子摊摊手，一副天将降大任必先把人折磨得死去活来的模样。也对，世上哪来这么多一炮而红？最后的最后，博子的师兄实在没银子继续运营项目，而团队就这样慢慢散了。

可我想不通的地方也在于此：“基宅师兄没成功，那你丫是怎么顿悟的？”

“呃，世界上从来就没有‘顿悟’这档子事！”博子坚定地回答。

对于他，确实从来没顿悟这回事，天空的雾霾不会在一夜间就退散，他只是不知廉耻地“平衡”了。那位“基宅”师兄，曾经也是校园风云人物，从小到大一路保送，本科还包揽了所有奖学金。而即便如这样的人，依然会失败，依然会体无完肤，依然会把所有存款用光了蹲在宿舍吃泡面第二天又继续被投资人隐晦地诟病“你特么做的都是什么狗屎项目”。从这点上来说，博子跟他没什么不同。

“呵，原来你是把快乐建立在别人的痛苦上。”我露出轻蔑的笑容，“也太邪恶了。”

博子恬不知耻地嘿嘿笑：“算是吧。”

“当时真觉得我们很像，经历都是一个模子里刻出来的，也都是十成十的‘Loser’。团队失败了，师兄毕业了。我以为他不会再想创业的事儿了，可离校前的那个暑假他又来找我，说自己准备去上海看看，寻找新机会。虽然什么都没有了，但还能一身拼劲往前冲。说实话，那一刻我心里是很震撼的。然后我觉得，我和师兄其实一点也不像——他是小强，百折不回；而我呢，我不知道自己是什么，还能干什么！”

“你是‘宅瘫男’呗！”看着他严肃的表情，我把这句话吞了下去。

梦想在那时播了一颗种子，藏于最隐秘的地方。不知情的博子带着它，把核物理学得一知半见，又浑浑噩噩去了研究院。但它迟早要破土而出的，不管沉寂多么久。有了这经历，也许博子就并不是在跟风。不是因创客，也不是因Face的牛×哄哄。

5

来，跳过中间漫无边际的心酸努力，把一切努力的励志画面都当作泡影，让我们回到最初那个饭局。

“博子，恭喜。”我举杯，不能再真心实意。我嘲笑过他的冲动，见证过他的窘迫，感慨过他的不回头，现在终于分享了他英勇后的收获——辞职后第三年，博子同人合伙开发了一种针对高效率人士的时间管理软件，终于拉到人生中第一笔风投。目前看来，真是酷炫狂霸！但是将来，他的项目会怎样我可不知道，就像我也不知道他那个“基宅”师兄现在怎样了。毕竟很多创客在花光了投资人所有的钱后又会假装什么都没发生静静地去做“上班狗”，一炮而红再无后续也不是不可能的事儿。

不过，我想，博子不会的。因为这家伙，脸皮真是越来越厚，心也越来越钝感。以他现在的“不要脸”级别，再不会随便因打击而变身“家里蹲”了。就算这次失败，下次失败，一万次失败，他也还能重新站起来破土重出，只因他完全可以同时驾驭爱马仕商务包和潘家园编织袋。他的人生新格言是——草根最大的技能，就是能一无所有。

排毒是我的终生事业

陈叔："既然想到了，如果不去做，就会一直来回折腾，总有一天会为自己没及早迈出这一步而后悔。"

最近有家卖麻辣烫的饭馆红爆。

我想主要原因是店家妹子耐看又可爱，披着长直发穿着围裙的宣传海报可以瞬间让直男想入非非。有缘的是，在开店前，这妹子和我一样，也是建筑师，过着虽非衣不蔽体食不果腹，却成天加班周末随叫随到的苦逼生活。

看那宣传图片，我由衷感到建筑师设计的产品和环境，果然具有独创性——室内木板、混凝土等建筑材质自然而纯粹；所有的家具摆设哪怕是锅盆碗盏都经过精心雕琢，放到MUJI售卖绝对没问题；食材专业化，求精不求大，每份规格不同的半干麻辣烫都会配一杯功效不同的蔬果汁。总之，好味又健康。

我跟陈叔讲，你看，人家也做蔬果汁哟！你的创业项目也不算独创吧？

陈叔十分不以为然："我的蔬果汁是专门用来排毒的，她的有这么专业的功能吗？"说完掏出手机，给我观赏他新研究的产品。

我盯着那屎黄屎黄的液体，一股恶心上头："你这什么搭配啊，看起来跟那啥一样！"

陈叔往前凑了凑，半天挤出个难看的笑容，大力拍大腿："哎哟，肯定是苹果氧化了，这个配方得再改良改良！"

1

我的故事里有很多"虾兵蟹将"，但陈叔绝不是虾兵蟹将，他是，高富帅——

高，一八五的身高让很多女生叫过他长腿欧巴；富，全款去哈佛读设计，花费不下百万；帅，瘦削的脸轮廓分明，微厚的唇性感无比，犀利的眼神隐藏在烂俗的小清新黑框眼镜下，素爱大牌黑色系商务装和意大利手工缝制牛皮包……总之，他家，是家财万贯；他人，是霸道总裁。

而且明明已经这么高富帅，居然还要靠内在，真是让草根们感到没有活路了！

我的师兄陈叔本科毕业时，我正好入学。

他要去美国读设计，临行前给师弟师妹举行讲座，内容是如何做作品集才能像他一样收到十大名校的Offer。那时一心想在学术道路上驰骋的我，在讲座完后要到了陈叔各种联系方式，接着死缠烂打地取经。陈叔后来评价我，娱记和狗仔的气质爆表，做建筑师太可惜了。反正我就这样和陈叔建立了亲密无间的关系，但这么多年没成为CP，我也感到很可惜。

陈叔去美国后，我们一度失联。

大家都很忙，他忙着在顶尖学府里奋发图强，忙着游历海外的名山大川，也忙着到国际大师事务所实习，而我忙着安分守己地混日子，忙着不择手段地积攒GPA，也忙着分手、分手后的暗恋、暗恋后的失恋……

只是偶尔，不经意地瞥见陈叔主页上更新的状态，才会分神想一想那家伙过着何种骄奢淫逸的生活。

那个夏天，陈叔毕业回国，做出的决定让人匪夷所思。

传闻中，他已获大师首肯，能留在美国，即使绿卡，也指日可待。但他却放弃了，选择待在香港的地产。那会儿我大三，满心满意都是“即使我死，也要到世界最好的殿堂学习建筑，然后成为高贵冷艳颠倒众生的建筑师”。他离我的目标已咫尺之遥，为何要在这时偃旗息鼓？

陈叔也不反驳：“这是你的梦想，又不是我的。也许你换成我，也会做出一样的选择呢！”也许他想告诉我的是，人不能永远被捆绑在以前的梦想里，世界上永远不会变化的就是变化本身。可这些，我过了很久才明白。

陈叔能干，在地产干得很好，被总部派往全国各处，差点成了大区总监。可就在那种紧要关头，他又离开了地产，变成了无业游民，在人群中消失得无影无踪。

再出关时，他却变成了老板，专供蔬果榨汁——这一波三折的人生，简直好没道理！

2

大抵我已讲过多次，我系出过很多“奇人”。除去早年去唱歌、写书的，最近这几年也出现了“大神不当建筑师”的热潮。拿陈叔的同学举例，有人做古董包装，有人搞成衣定制，有人玩游戏设计玩出了一间百人公司，还有人把木家具玻璃器皿弄成了火爆的原木工坊，甚至有人去著名的微软做软件界面的交互设计……However，尽管这些都很牛，但总的来说，其实都没有跳出“设计”的大范畴。

如果论跨界跨得过于不着边的只有三人：一人在新加坡做了职业赌徒；一人与朋友合伙卖肉夹馍；还有一人，便是陈叔，专供榨汁。

陈叔说自从去留学，他就变得很困惑。困惑的时间很长，算起来一直到他从地产公司辞职的前半年。他一直以为自己深爱建筑，可却在工作中产生不了由内而外的激情。以他的聪明才智，要做事当然能做得很好，可他总觉得自己是在用脑而非用心——那种感觉，我是明白几分的。以前学数理化，为了前途，我们可以通过苦读拿到高分。有时分外辛苦而专注地解出一题，也会欣然大喜。但要说真的把数理化当成一辈子的职业，却是万万不想的。

这种情况下，想到辞职创业也不稀奇。但高科技产业那么多，为何偏偏选了去榨汁呢？其实有个原因——

陈叔工作起来是个拼命三郎。

前几年，地产还算强弩之末，表面上活多得不行。陈叔跟进了投行似的连轴转，满世界飞来飞去看成功的楼盘，经常只在机场里睡几个小时，爬起来又是一条好汉接着干。但出来混总是要还的，昨天你拿命换钱，今日就得钱换命。

陈叔从香港回京的第二天，早晨睁开眼竟啥都看不见了！他当即倒下闭眼再睡，以为自己在梦游呢。可他再次醒来，景象依然十分模糊。去医院就诊，大夫说他是肝火大旺，又多毒素，因此影响到了眼睛（那天陈叔的眼睛确实红得就像小白兔）。当天洗完肝，大夫又给他开了很多酵素。结果陈叔太土，完全吃不下那风靡全球的东西，于是问医生有没有替代方法，医生就推荐了果蔬汁排毒法。

有了这渊源，打算创业的陈叔第一个就想到了要做蔬果排毒店。

他同学笑他：呵呵，你跟卖奶茶的小妹有什么不同？陈叔拒绝回应，估计也是醉了。蔬果汁和奶茶当然不同，它可以改善都市人群的饮食习惯，帮助他们更加健康地摄入膳食。往大了说，是相当利国利民的事业。

3

我最佩服陈叔的一点，是他不拖延。

纵观我身边，说不想溺死在本职工作中，吵吵着要开创新世界的朋友多了去了。那新鲜的Idea，飘满了我们想象的上空。可真要叫他们辞职，丢掉虽无聊却稳定的工作，十个有九个都会撤退。他们边撤退还会边为自己开脱：“等我……之后，才能做……”

而陈叔生猛，想法尘埃落定，立刻市场调研。国内国外相关项目他都看了个遍，就像在做科研一样思考这事儿的可行性。一圈下来，他很欣喜地发现，人们越来越重视食品健康，而清新的食物诸如沙拉、粗粮、蔬果汁都极其受到都市白领的喜爱。

“既然想到了，如果不去做，就会一直来回折腾，总有一天会为自己没及早迈出这一步而后悔。”

嗯，要放弃建筑师的身份，对陈叔来说也并非容易。他用了三年时间来说服自己，要去走一条别的路，而且知道自己决不会为此后悔。即使以后在世人眼里的“成就”可能远没做专业人生时那么恢弘，但那又如何？

我最喜欢的咨询师之一李子勋说，到死的那一天，人不会为了勇敢尝试而后悔，只会后悔为什么没在能尝试的时候尝试——这话用在陈叔身上，用在那些和他一样瞎折腾的青年身上，都再合适不过了。

4

陈叔的蔬果排毒店叫VeggieFruitor（蔬果者），意思简单明了。除开创新品种的饮品，陈叔最大的目标是使蔬果者成为一种都市人的生活习惯，蔬菜水果不分家，才会让人保持健康。

安利了那么多，不也还是把水果蔬菜放在一起乱榨吗？这是很多人的想法。但我草草浏览了蔬果者的网站后，觉得这事儿并不简单。

就拿蔬果者推出的第一弹产品来说，六款蔬果汁不仅有来自美国的配方，而且经过专业营养师的改良更加适合国人体质，更重要的是每一款都有独特的名字、颜色和功效。

一号“绿巨人”，由芹菜、黄瓜、青苹果构成，颜色深绿。尽管看着有点恶心，但强攻清毒，效果显著，陈叔王婆卖瓜般地号称，喝三天包治便秘。二号“Little Monkey”，是青苹果、菠萝和薄荷构成的浅绿液体，主打维C抗氧化，广告语是“让我们比Monkey更有活力”。三号“都市纤维”，含生菜、柠檬。四号“爽口小姐”，因添加了椰汁和蜂蜜更具美容功效。五号我最喜欢，紫红色，内含胡萝卜、紫甘蓝、洋葱还有枸杞，看上去浓郁又透着光泽。就是名字有点奇怪，“血族”（做这款设计时，陈叔和他的营养师合伙人都在追美剧《血族》），听起来好像要去吃人。最后的六号蔬果汁“白色巨塔”，用来补脑，也可以防脱发。芝麻、杏仁、榛子及核桃等坚果弄出来汁液是乳白色的，里面还加入了精油，据说能缓解压力……

这些产品只是蔬果者庞大清单中的其中一个系列，陈叔正勤奋地研究着第二弹、第三弹、第四弹，致力于弹弹击中要害。

5

陈叔是学建筑的，也算是半个艺术家。这种人，永远都带着强迫症般的要推陈出新的想法。他要的差异化产品，不仅要有概念，也要有意义。除了有效的蔬果配方，陈叔还在三方面狠下功夫。

其一，材料。

既然打算要做排毒蔬果汁，就不能以毒攻毒。也就是说，材料一定得过硬，而纯天然和有机是最主要的标准。为了获得自己心中女神级的蔬果，陈叔的团队考察了四十多家有机蔬果供应商，团队里有个计算机博士还写了一个程序来分析哪家的产品最牛。通过严格的考察和测算，最后才选择了三家品质最有保障的材料供应商，当然，成本也高了很多。不过这点差价，对追求完美的高富帅来说，一点也不算什么。

其二，榨汁法。

为减少榨汁过程营养的损耗，陈叔的团队可算煞费苦心。以往的榨汁机在迅速搅动的过程中，会破坏蔬菜瓜果里的纤维，且转速每分钟超过一万次的传统榨汁机内部还会大量发热，加速果汁内维生素等养分的氧化。

“按照这种方法，榨出来的果汁都会变成黑乎乎的一堆黏液……”

我打断他：“怪不得你的新品种是那造型！”

陈叔不理我，接着科普：“传统的机器在高速旋转同时会混入大量空气，导致多酚和维生素C受损，留在果汁里的营养就变少了。你知道吧？”

我飞快地点头：“啥是多酚？”

……

嗯，陈叔把榨汁方法当成一门科学来研究，辗转数日，终于选定了冷压作为生产方式。所谓冷压，是在低温下缓慢挤压蔬果。如此能防止榨汁过程中的酶促反应，帮助保留多酚和维生素，蔬果汁也会有更好看的颜色。

其三，透明化。

为什么要透明化？

对此陈叔提了个问题："你说为什么'三聚氰胺事件'后，新手爸妈们就算欠下一屁股债，挤破头都要到澳大利亚、新西兰买奶粉？"

我说："因为现在流行'海淘'？"

陈叔扶额："那是因为国民对国产食物的信任度很低！"

蔬果者作为加工方式简单、目的纯粹的产品，在还没树立品牌让人们自动放下怀疑的情况下，如何才能证明自己的清白呢？

陈叔采取了很粗暴的策略："不解释，让丫们看"。

陈叔首先设计出了完全透明的瓶身，上面很具体地标明了成分及比例。接着，他开了一家实体店，选址在市中心最高级的写字楼下面，陈叔和他的团队就在全透明的环境下制作蔬果汁。陈叔把店面设计得像个透明的玻璃盒子，由于在拐角处，四面八方的人都能观赏里面的活动，仿佛一只全然开放的城市窗口。

其实他本不用这样做。很多O2O都不需要实体店，客户线上下单，工厂制作，快递配送。但陈叔认为，这个方法的缺点在于客户不清楚这些食品是如何生产出来的，在他对品牌本身没有足够认可的时候，就不能放心购买。

"我希望，我们所有环节都能放在阳光下，经得起别人的考察。”这是蔬果者的核心理念。

6

如今网络那么发达，要订购这些蔬果汁变得很容易。

蔬果者有网站、手机App，在淘宝天猫也开了网店，只要一动手指，就有快递小哥把花花绿绿的液体送到顾客家里。另外，陈叔还和多家饭馆、会所、办公楼合作，提供专业供应。陈叔得意地说，他业务拓展的成就斐然，比如他小店周围的公司，几乎都被他拿下了。

其实业务量的扩大并不是最有成就感的，陈叔觉得最让自己开心的成就是看到陌生人成为蔬果者的铁杆粉丝。他说，有个胖子高管经朋友推荐喝蔬果者，从开始的嗤之以鼻到后来的一天没有都不行，变化很让他欣喜。我很疑惑，说你这个蔬果者不会加了K粉，喝了要上瘾吧？陈叔根本懒得搭理我。胖高管对蔬果者的认同是因为效果。那年他体检查出了脂肪肝前兆，吓坏后小病乱投医。自从坚持喝蔬果者后，体脂比一直在下降，精神也好了很多。

陈叔鄙夷地感慨：“那胖子也在地产工作，怪不得把身体搞得那么差。”

7

蔬果者的工作室虽只有十几人的规模，但已吸引了大量粉丝。陈叔打算把蔬果者做成中国的“Juicero”，扩大团队，拿到风投，做客户最专业的蔬果提供商和榨汁机。这么不错的成绩当然也离不开陈叔的个人魅力。他和那个麻辣烫妹子一样，把自己的照片当成宣传画，那斯文邪气的长腿欧巴样迷倒了不少女生，据说他最近的暧昧对象也是看了传单送上门的……

带一百只汪去旅行

土土妈：“我要和我最爱的狗子永远在一起，山川原野，绝不分离！”

土土：“汪！”

去年，我买车了。

这决定对抱着低碳生活愿景的我十分不易，更不易的是，车的首付是用三张信用卡凑着刷的。4S店的销售那小眼神我不能再懂：穷成这样还买车，您这又是何苦。其实，咬碎牙和血吞的初衷简单到无以复加，就是要带着我的三只汪去走一走。

在我们的国家，要通过公共交通工具带“毛小孩”出行并不容易。即使司机不讨厌猫狗，大约也会害怕它们弄脏座椅或传播病菌。就算我们已做好了万全的防疫，并把它们放进了外带箱，车主也不会彻底放心。

我记得最清楚的是有个周末实在扛不住老大（家里的一号汪）忧郁的小眼神，终于决定带它去加班。可在街上站了半小时，过往的出租却都拒载，这是我早料想到的结果。最后我只好抱着它坐了黑摩的。寒冬腊月，无保暖措施的我绝对是迎风流泪，而怀里的老大也被吹变了形。我难过又自责，埋怨自己没能力带它装×带它飞。

有毛小孩陪伴的人，大约都会理解这种心情的——土土的主人土土妈就曾动容地说："每天早晨上班，它蹲在门口目送我离开，满眼都是水汪汪的依依不舍。我摸摸它的头，其实自己也纠结着，真是要狠下心来才能甩门而去。白天在公司待着，心里既担心它变身'拆迁小分队'，又害怕它因为没人陪伴感到寂寞。最不能忍受的是晚上和周末加班，一想到它会挨饿、会发疯、会三急得到处尿尿我就抓狂到要扑街……所以，我能抛下一切来做'狗途'，是因为土土，全都是因为土土。"

1

土土是只小土狗。

遇到土土妈的时候，土土倒在社区垃圾房的旁边，身上盖着张脏乎乎的广告传单。那天已经很晚了，土土妈加班回来，听见小小的呜咽声，就像婴儿在哭。寻了半天，终于发现了土土。当时的它，是那么柔软弱小的家伙，却被人随便丢弃了。土土妈于心不忍，把它抱起来，才感觉到它全身不规律地抽搐。

是犬瘟，兽医告诉土土妈。

这种病相当于小孩得了脑炎，治愈率非常低，治疗费用却很高。放弃吧，反正这种小土狗满大街都是，救是救不完的。医生没明说，但每句话都表达了这意思。土土妈犹豫着，而土土好像知道救命稻草的犹豫，它瞪大眼睛，流了好多泪水，整张小脸都湿了。它一边呜呜叫着，一边死命地盯着土土妈，好像在问，你真的不肯救救我吗？

治吧。在眼神的对战中，土土妈完败。她实在受不了这么可爱的小狗刚来到这世界就得折返天堂。为了这决定，土土妈花了“巨额”的医疗费，那两万块，本来是她存了一年为圆单反梦的钱。之后土土吃药打针又吊水，在医院折腾了快一个月，奇迹般地好转了。虽然还是会有一点点神经性后遗症，但恢复得也算理想。医生分析，是土土杂交的基因起了作用，大多数纯种犬可没这么好运。

土土痊愈后就和土土妈生活在一起了。

可最初的最初，土土妈是打算找其他人来收养它的。通过邻居牵线搭桥，终于得偿所愿。送走土土的那天晚上，土土妈抱着它，很难过地说：“我常常加班，可能半夜才回来，没办法按时喂你，更没办法带你出去玩。那个愿意收养你的也是个姐姐，住在昌平，家里有好大的院子，你怎么玩都可以……”狗子是极有灵性的动物，它能分辨出人最细微的感情。土土在土土妈怀里又开始呜呜，眼里星光闪烁。

但土土到底没被送走，否则也不会有后来的故事了。

其实那天土土妈已经把土土所有的行囊都打包好了，包括它的长绒窝、饭盆、自动喂水器、几大袋狗粮以及各式各样的玩具。她想，土土闻着熟悉的味道，在新家就不会害怕了。离开的时候，新主人抱着土土，土土妈抱着土土的东西，一起走在知春里的长街上。冷不丁，抱着土土的女生说，这狗在照片上好看多了，来了才知道，其实就是土狗嘛，害得我空欢喜一场。嫌弃溢于言表。

仿佛自己的孩子受到侮辱，土土妈手一松，任行李掉在地上，“狗你别抱走了！”说完，她大叫土土，用手势指挥它下来。土土一见，无比欢快地挣脱新主人的怀抱，一溜烟跑到土土妈腿边亲热地扑她。女生嘟囔了句精神病，说这狗你留着自己养吧，我还真不稀罕呢。土土妈冷笑：“土狗怎么了？你这种只看品种的人，根本不配养狗！”说罢她蹲下来，摸摸土土的头：“放心吧，再也不会送你走了！”

嗯，这才是她和它真正的开始。

2

土土妈对土土极好，给它买最好的狗粮，用最好的沐浴液，吃最好的驱虫药，淘最好的玩具……总之，为土土花钱的时候比自己消费还要潇洒大方。她爱它，就像那些热衷晒娃的新手人母一样，把土土的成长记录放满了自己的社交平台。

唯一的不好，是产品经理的工作实在太忙，时常分身乏术，而这种职业性质，其实是不适合养宠物的。土土妈那种由起早贪黑和不规律生活带来的倦怠，很让我印象深刻。初次在打工的咖啡馆见到土土妈，尽管她面孔柔软纯良，做派雷厉风行，浑身都是长期混迹IT圈的典型工科女范儿，但我还是很容易就察觉到她素黑套装下的疲惫。

所以，当时土土妈想送走土土那晚说的话都应验了。她真的经常加班，晚上不能准时回家给土土喂饭。即使回到家后也半夜了，累得没力气带狗子出去玩。

土土成了寂寞的小狗，白天到黑夜，总是孤单的。

但土土不抱怨。它似乎明白自己能活下来的艰难，更知道从被抛弃到有个家的幸福，这只狗异常安静懂事，懂得为主人奉上最漫长的等待和最痴心的陪伴——

无论土土妈多晚到家，它都第一时间到门口保驾护航，扑上来亲热得没完没了，激动得像中了五百万大奖。她打开电脑工作，它就乖乖地蜷在她脚边，做个活体狗暖炉。她唉声叹气，它马上叼来自己的长绒玩具，转着圈想要逗她开心。而土土妈掉眼泪的时候，虽然它一点都不能明白为什么，但它舔舔她的脸，好像她的悲伤它能感同身受。有人说，陪伴是最长情的告白，如果这是真的，那么土土已经告白了一千次。

如此的陪伴，对恨不得住得离爸妈远一点再远一点的嫌关心过剩的本地小孩，似乎没那么必不可少，但于长年北漂的土土妈，却像雪中送炭，是盼望已久的温暖。

其实土土妈的父母并不希望女儿学这个专业，对她执意到北京发展也举双手反对。既然当初撕破脸皮违拗了双亲，自然只能报喜不报忧，这些年打掉牙和血吞，多苦多累对家里都绝口不提。可，即使不对他们讲，那些无助和难过依然是存在的。是能找朋友分担，可不管多好的朋友，也不可能花所有时间听她吐槽和抱怨。人人都有自己的世界，一顿饭一场K，大家总要散场的。但土土就不一样了，它总是在，一直在，永远在。只要她需要它，叫声它的名字，不管它睡得多香甜，都会立马蹦跶到她身边。每当知觉怀中那柔软又温暖的触感，仿佛就总能相信明天的太阳会照常升起！

“它是我的护花使者。”有一次，土土妈带土土到咖啡馆玩时这么定性她和它的关系，“我大姨妈痛得寻死觅活，它就靠在我腹部，比暖宝宝还暖宝宝。”

“可土土，是母狗欸。”我小心地提醒她。

她想了想：“那它就是我的小公举……”

她还没说完，我便想起了那首贾乃亮和女儿甜馨唱的歌儿，“……别问我从哪里来，也别问我到哪里去，我要摘下最美的花儿，献给我的小公举……”

3

时光不紧不慢，转眼才发现过得真快，土土作为全职“三陪成员”已和土土妈走过两度春秋。若非路人甲同事无心的一句话，土狗土土和它的主人单身狗土土妈的生活恐怕不会发生任何改变。

路人甲坐在土土妈的对面，他先养了短腿小柯基后收留了表情帝哈士奇，这俩货可都是全球闻名的拆迁小分队。由于它们非凡的战斗力，同事家的沙发已换过三套了，门也常常被啃出洞，最可恨的是俩狗子丧尽天良后，竟谁也不承认自己是主犯，互相指鹿为马。

“我倒要看看，到底是谁这么厉害！”程序猿显然被两个小东西气蒙圈了，竟在客厅里安装了高倍数的移动摄像头，“有了证据，哼哼，我就要告诉它们什么是王法！”

土土妈偷笑，说得就好像他真能忍心用鞭子抽它们似的，哪个家长不是在毛小孩犯错后吼得穷凶极恶地要把它们做成狗肉煲，可事到临头，还不是咬牙切齿地把拳头挥在空气里。莞尔之后，土土妈也被这窥视狂传染了，她很想知道，土土平时在家到底在干什么。

看到监视视频，土土妈哭了。

原来，从早晨她离家开始，土土就趴在距门半米的地方，除了上厕所喝水吃犬粮外，几乎一动不动。一天十几小时，它就这样满脸委屈满心期待地盯着大门。但凡楼下一丝异动，它马上警觉地站起来，凑近门，好像在确认是不是自己回来了。夜幕降临，她却还没到家，土土就在玄关里打转。有时太焦虑了，它会把所有的玩具叼在面前，或者枕着她的拖鞋盹一小会儿。当它终于听见她的脚步，猛然上蹿下跳，扑上前狂喜地挠门！它那么开心，仿佛这一天才真正开始！而她，却总是责怪它把玩具弄得到处都是，生气它咬坏她的拖鞋，抑或，训斥它不该把房东的门抓出痕迹……

原来，它不只是陪伴；原来，它用大半的生命在等待，然后用小半的生命待在她身边；原来，《我与狗狗的十个约定》是对的：她有自己的工作、朋友、爱好和家人，而土土的生活里就只有她。她是它的全世界——可她这个“全世界”又为它做了什么呢？土土妈捧着土土的小脑袋泪流满面，心里愧疚得翻江倒海。

次日，土土妈如常上班，可想到土土，情绪便差到无以复加，就连在最应该集中精力的产品定位策划设计上她都坐立不安地分神。现在土土怎么样了？她描述的那种感觉，我明白。有些事，一旦发现，就不能假装退回从前。

又一天高强度的工作结束后，土土妈回到家，土土摇摇晃晃地靠近她，可还没跑到她身边就哇地吐了。土土妈查看四周，又发现了好几堆呕吐物，她吓坏了，不知土土害了什么毛病，赶紧带狗子去医院。问题并不太严重，医生说土土不过是吃坏了东西。土土妈很惊讶，家里除了犬粮什么都没有，那么土土到底啃了什么？

悉心侦查后得到的结论让土土妈差点崩溃。凶手不是别的，正是那袋号称全国最贵的超级优质犬粮。当然，犬粮本身没质量问题，只是她当初图方便，买了最大规格的那种。虽然整袋并没过期，但沉在底部的颗粒到底不那么新鲜了。

这次土土没住院，但整只狗都恹恹的。土土妈请假在家陪它，狗子在窝里趴着，她则守着它，满心满肺地担忧。晚上喂了土土药，土土妈终于浮生偷得半日闲，就着微信吃泡面。

在公众号里，她忽然读到一篇报道，报道里的女孩带着她捡来的小土狗走遍了大江南北。其中有段话让她特别动容，“当望见无边金色的稻田，它兴奋地汪汪大叫；当被瀑布的水花沾湿一点儿，它就吓得屁滚尿流；当在白雪和树叶堆里打滚，它展露了最幸福的笑容；当和我站在最高的山顶上极目远眺，它很困惑自己在哪儿，似乎学会了思考狗生……虽然带着它出行十分艰难，但知道它开心我也很开心。我想我这辈子最大的愿望之一，就是要和最爱的狗子永远在一起，山川原野，绝不分离！”

那个帖子我也读过，也被感动得稀里哗啦的。事实证明，土土妈受到的震动比我更大，她盯着气若游丝的土土，深深地问自己：同样都是小土狗，为什么我的土土就不能有这样的生活？

4

这是我生活中鲜有的“然后……然后，还有然后”的故事。

嗯，然后土土妈就辞职了。她买了车，决心带着土土看世界，迅速实现了我常对我家狗子们的许诺。游玩的猖狂是循序渐进式的。她们前几个月还不过在周边溜达，爬爬长城或于十渡坐坐船；后来兴起去了苍山洱海大雪山，也一人一狗环游青海湖；到了终极阶段，着魔似的出了境！

带爱犬上路，有趣的片段自然不少，但麻烦也非比寻常——很多交通工具比如地方大巴对狗子们都明确贴出了大写的禁，就算有的飞机火车可以托运，需要的手续繁琐，办理起来也很漫长。往往等到尘埃落定时，黄花菜都凉了。为了土土能享受及时雨，土土妈只好自驾。那么问题又来了，住宿怎么办？我见过的大多数旅馆绝对不会让狗入内，更别提入住了。而通常土土可以来去自如的地方，条件都不是一般的差。是以，他们常常在风景区的边缘住农家小院，土土适应能力还好，可那发霉潮湿的气息却令土土妈难以入睡。

如果能有专门为狗子提供的游玩服务就好了。旅行的时候，土土妈对着手机订酒店焦头烂额地想。她把这个愿望讲给狗友们听，大家无一不深深点赞。有位收养了四只流浪狗的姑娘跟土土妈聊了很久，她说，现在虽已有了狗狗寄养App，也诞生了家庭寄养师，甚至“去哪儿”上很多酒店也在推行“狗狗试睡员”活动，但如果想带着狗子去远足，出行和住宿仍是大难题，因为太麻烦，出省出国真是想也不敢想。

自己的经历加上他人的建议在土土妈脑中播下了一颗奇幻的种

子：如果我去创业，就一定要为狗子们做这样的旅游项目；如果我有了公司，一定要允许大家带着爱宠来上班，每个人都不用对着小家伙们充满期待的眼神强行说Bye-bye了。“得把公司做得像玛氏一样，狗子才是公司真正的主角！”土土妈越想越开心。

不久后，线上就出现了叫作“狗途”的应用软件（名字得保密，避免广告嫌疑）。那是一款特别为狗狗和它们主人设计的App，上面会定期举行专为狗狗设计的旅行项目。在这些项目里，汪星人不仅可以上大巴、住旅馆、进景点，还可以在路上和很多同类一起玩，成了真正的主角。

我不知土土妈是如何准备这一切的，但过程注定不简单。尽管她有多年产品经理的经验，但现在要说服投资人掏钱，是越来越难了。我仔细研究了“狗途”，它做的事，简单也不简单：每周都有新的旅行团，人们可以带上家里的猫狗。如果是近郊游，大巴和酒店都是提前由公司联系好的，允许狗子肆意撒欢；如果是远途或出国游，那么团队协助会安排整个托运流程，简化程序，保证人们一下飞机，就能见到自己的宝贝。行程安排的旅行地点，都能保证爱犬入内。即使主人想单独去老佛爷血拼或去西门町艳遇，也不担心狗子何去何从，每个团都有工作人员负责照料狗子。

App还有衍生的业务，比如和更多的酒店洽谈，让他们能设立宠物特别房间，调整到合理的价格；又比如包揽涉外的托运和安检或安排狗子在当地临时寄养。即使不喜欢旅游也没关系，主人们还可以通过应用参加宠博会，报名宠物知识讲座，甚至能买到在特定时段带犬进咖啡馆的凭证。

在朋友的撺掇下，我也为老二和老三报了团（老大不幸早一步去了天堂）。因经费有限，只能选近郊游，而即使如此，那依然成了我毕生难忘的经历——满车的狗子和满车爱狗的人，狗子们左右逢源，主人们相谈甚欢，大巴成了热闹又欢乐的海。最好玩的是夕阳西下时，我牵着狗子在宽阔的大河边行走，周围的金毛二哈阿拉斯加纷纷跳下浅滩滚来滚去……散完步，狗子们趴在一边小憩，主人们喝喝茶打打牌，瞬时感觉人生不能再美好。那些把孩子和老人都带上的家庭，一家人在汪汪声中其乐融融，享尽了天伦。回来后，因有狗子的联系人，我们亦常常聚会，很难得。

5

让我说点丧气话吧，有时候我会想，狗途太小众了，即使现在它能正常运行，也有了些许名气，我却仍抱着"这样的玩意儿它到底能走多远"的怀疑。

可土土妈倒不以为然，她觉得我太小看市场了，更小看了人们对狗子的感情——张嘉佳为他的梅茜写的书《让我留在你身边》，畅销全国；无数名人大腕儿都加入了反对"广西玉林狗肉节"的活动；李小璐和霍思燕在怀孕时，也不忍将家里的汪星人寄养；"国民老公"郭碧婷先后收养了十几只毛孩子……狗，早不再是单纯的宠物，而是我们最亲最爱的家人。

嗯，也真是这样的。

前段时间读到一则新闻：一位流浪汉拒绝掉政府提供的廉租房，放弃遮风避雨的好机会。他这么做完全是因为住进去就必须和自己相处八年的狗子分开。为了和它一起，他宁可风餐露宿，宁可朝不保夕。面对别人的惊奇，他理所当然地回应："难道你们会因为房子，就和父母子女永远分离吗？"

席格说，领养狗，也许是人类唯一可以选择亲人的机会。

它们像孩子，像伙伴，像兄弟姐妹。也许已有很多人怀着要带它们看天下的想法，只是苦于途径的缺失。而土土妈，为土土创造了一条彩虹，让我们和它们山川原野，绝不分离！

“北漂”3+1

当我们在说“漂”，我们在说什么？

1

前几天收到封豆邮，网友在信上说：她在一座小县城做公务员，对那种“上班喝茶混吃等死”的生活心有不甘，总向往着去北上广闯荡。但问题是她已二十五，又有个“山无棱，天地合，也不会离开县城”的男友。大城市虽诱惑，却也不能不考虑现实问题：房、车、户口暂且不说，出县城基本就代表要和男友一刀两断，而即便这样，也未必在事业上就能大获丰收。她的原话大约是：要是我三张多还混不出名堂，你说该咋办？

按照我的日常风格，回答应该是：你爱咋办咋办。

但这次我没有，因为给我写信的网友实在太少了。何况这种遣词造句分明就是要我这“旧北漂”语重心长来劝慰：“姑娘啊姑娘，北上广有什么好？空气差、物价贵、竞争大，你都这么把年纪了，和男人结婚生娃好好做个悠闲的公务员岂非妥妥的？”

但我能这么说吗？当然不能。如果我真这么说了，必然又要饱受诟病，说我早已失去了理想，被湮没在生活的洪流中。

权衡利弊，我最后的回答是：那谁，这种关系到终身的大事，您自己看着办！当然，措辞更为委婉。之后我再没收到她的回信，连骂街都没有，估计已把我拉入了黑名单——这再次说明，我实在驾驭不了“知心大妈”这种角色。

其实我可以拍着胸脯发誓，自己绝没敷衍的意思。实际上，在我读完她邮件的那一刻，眼前就浮现起惠新西街南口的阿谢和她家一屋子的北漂。本想告诉她这些故事，却忍在了指尖。因为我觉得，她身边也许并非没这类人，只是她不愿意看见罢了。

2

几年前，我辞职回老家。当时虽对在帝都的成就和生活都失望至极，却还是不甘心就此别过，后来依然想要回京找生计。但那时的我，银钱短缺到就连如家等快捷连锁经济酒店也长住不起。只好到各个群里发帖跪求安身之所。那帖子表达了如下中心思想：男的女的不男不女的都行，反正我不介意和你们挤一张床。但可能朋友同学都比较介意和我挤一张床，所以无人施以援手。还好后来得知高中校友阿谢，到京不过月余，也许可以贡献铺位。

关于这事，到现在我都对阿谢心存感激。她很仁慈，尽管与我不过是点头之交，却仍愿给我免费的驻留空间。

十二月的北京，室外异常寒冷。即使走在二三环，透骨荒凉也能袭上人心。阿谢和人合住在惠新里老小区的三居内，她自己的房间小得只能恰好容下一张上下铺和高中时代那种学生桌，那面积连广播体操的伸展运动都做不了……

一个月前，她还在老家的国企里做内部党刊。她学新闻出身，又不是党员，那种工作对她来说，用脚趾头想都能脑补出无聊到爆的状态。由于是闲职，阿谢便有很多时间。通过同学的关系，她常给现在的公司供稿。深秋时节，同学说起他们公司有位编辑辞职，问她要不要来面试。阿谢早为当年毕业时没冲出老家的怯懦而后悔多年，自然想也没想，欣喜若狂。就这样，她收拾行李来到大北京，这一切只是发生在几天内。

我在她那里住了好几十天，几乎每日都见她赶稿到深夜，早晨七八点便起。不知道的人，肯定以为她的薪水有了质的飞跃才能让她如此无怨无悔地劳心劳力。但我却实在了解，她每个月能揣到钱包里的百元钞，了不起五十几张。在高消费的环境下，入职的前半年，阿谢还要靠自己以前的积蓄补贴才能勉强度日。

为什么呢？何苦呢？怎么如此想不通呢？难道是要和马丁·路德·金一样在全世界面前高喊“I have a dream”才算完吗？大概也都不是的。只是看到自己写的内容被一点点印刷出来觉得带感，就是这样任性和简单。

我记得我对她说过，纸媒和建筑一样，都是日下西山的行业。

当时她很赞同地哎哟一声，说自己快要失业了。

那年，她二十六。媒体宣传，要逃离北上广。很多候鸟都在归巢，比如我。

3

光阴荏苒，一千多天飞驰而过。

时至今年，我身份证到期，回北京更换。还住在阿谢那儿，阿谢还住惠新里的老小区。一切似乎都没变——

房子还是那么破，厕所依然是素墙一道，连最低档的白瓷砖也没有；阿谢依然房、车、户口全无，也仍旧没男友，更可怕的是之前追在她后面的少年们，档案的婚姻状况都一股脑地变成了“已婚”。

当然也有变化——

阿谢换了工作，在某旅游公司独立负责公司的宣传月刊，收入涨到八千；到人大读媒体的在职研究生，一到周末自动无视掉朋友圈里所有的“约吗”；养了只暹罗肥猫，取名“脸姐”；最重要的是昔年的室友嫁人的有，买房的有，离京的有，总之纷纷搬走，阿谢陆陆续续操持起续租事宜，从房客变成二房东，且有了三个合拍的北漂小姐妹：A小姐是阿谢的同行，是她从网上捞来的；B小姐是她和我共同的高中校友，夏天刚到北京；C小姐系朋友的朋友，游历地球大半圈，在此借宿。

然而，无论变化如何，在我看来，她们依然是群“没有将来”的姑娘。

每晚我躺在下铺，都会忧国忧民地为这些女孩担心，皇帝不急太监急地思考她们的出路。我一陷入沉思，阿谢的那只猫都会怀着深深的恨意在床下死盯着我。它不喜欢我的原因是我占用了它的床。届时，我会耐着性子跟它讲：小样，当年老子睡这张床的时候，你可连只猫都不是。脸姐受到惊吓，悻悻地钻到床底，于是我就很得意。

回头说阿谢的未来，我唯一能想到的解决方法就是她只能找个本地男嫁了，那种有房、有车、有户口，老实靠谱又可以负担一切家用的北京人。

阿谢很疑惑："北京现在还有这种男人吗？"

我深深地点头："只要他丑、他矮、他个性差你统统都不介意，一切还是有希望的。"

说完，我被上铺的抱枕砸到，阿谢怒气冲冲地吼："你少来诅咒，老娘我统统都介意！"我顿时感到她一辈子都没希望了，于是拉下顶灯的绳。

沉默了一会儿，阿谢突然在黑暗里咂嘴："如果照你的标准，我们满屋子的姑娘，没一个能过上幸福生活的。可你看，这些年，我们都过得越来越好了……"

没多久，她打起了呼。我闭着眼，没说话，稚气的声音犹在空中。

4

阿谢这么说，我呵呵。

遍观她的室友，一个比一个更不靠谱。比如那个小名叫Winner却在我看来一点也不Winner的A小姐，生活质量我都想替她哭一哭，可却满身“俺九死其尤未悔”的模样。

Winner在我们老家读大学，学首饰设计，一路到硕士。她听得懂我和阿谢的家乡话，因而与我们分外亲厚。毕业后她到帝都工作，在珠宝公司做设计师。那工作听起来就很高大上，收入大约是阿谢现在的两倍，又常常能见到明星，简直不能再Fashion。

然而，Winner是个文青。就是那种玩玩豆瓣，在胡同里的咖啡店读毛姆，偶尔投稿并出书的女生，其实和我周围很多人一样。但不一样的是，她对纯文学的真心实意已臻“献身”的程度，而我周围的人，包括我自己在内，却从未真正想过要把文学当成职业，因为那听起来就没什么钱和前途。

当她把辞职的想法说给阿谢听，就连阿谢这种不着四六的家伙都劝她：纯文学什么的，当个爱好就可以了，做人还是要实际。只要没成名，无论编辑还是写手，都能穷成狗。听完阿谢的言论，我虽冷笑着想，说得就跟她做人有多实际一样，却忍不住在心里打个“√”。

可Winner这姑娘看起来虽弱柳扶风，其实根本是头犀牛，谁都劝不住，执行力一上来简直万马奔腾——不久后，她果真离开珠宝公司，在一家老牌文学杂志社里做助理。我没说她不快乐，更没说她不充实。只是半年后，她的存款几乎用光，但当设计师时养成的高消费习惯却还没与时俱进地改过来。于是，她再不能每天潇洒地去星巴克小坐；也不能在Sephora淘一堆没用的精华液和香体乳；仅仅是“要不要买件羊毛大衣”就需要在脑中天人交战一千次……

那段时间，Winner也很犹豫，她确实不想为几千块就在梦想的战役中缴械，但现实的残酷却远超她想象。

可最后Winner也没放弃，不知幸也不幸。

后来，Winner参加了公司的新项目“阅读与写作”，每个月大约有二十天游历在大中国东南西北各处。我知道这活动听起来精英，仿佛能穿着西装在谈判之余逛逛西湖，泡泡酒吧。但如果真的那么好，又岂能轮到Winner这种毫无背景的新人？事实上，这伟大项目的主要客户在农村、县城及各种城乡结合部。我不怀疑活动的正能量，只是这对在奔三路上的女孩Winner，特么太辛苦了。有回Winner来大姨妈，身体不适，又在简易舞台上吹了几小时寒风，之后腹痛如绞，却还必须马不停蹄地赶往下个目的地——那情景真是太惨我都不敢看。

“是什么在支持你？”一个人如此坚持，应该是有原因的吧？

Winner闷闷地哼了一声：“这种活动是辛苦，但钱多……”

我一个没站稳倒在了对励志的期待上。

她需要钱，需要很多很多钱，来保持生活的尊严和质量。但无论如何，她也不愿重来了。我想起Eason的那首歌：穿过一块黎明一片黑暗，没有想过回头，一段又一段走不完的旅程，什么时候能习惯？哦，我的梦代表什么，又是什么让我们期盼？

5

现实真的很骨感，不会因为人心中有太阳就洒下光芒。

最简单明了的例子是Winner做设计师时住主卧，后来她为了追求文学梦没钱了，只能搬到次卧。而目前坐拥大房间的，是B小姐李师。李师不是她的全名，当然她的全名也不叫李师师。我们叫她李师只是由于她来京前，当过口语老师。

李师是我和阿谢共同的高中校友，但她和阿谢其实更亲密，因她们还曾是大学室友。在北京见到李师后，我立刻感觉阿谢已不是最不靠谱的女生，再怎么说，她出来北漂时，也才二十多。而李师，明年就三张了。我们几年未联系，一联系，竟然在这种状况，也只能感叹命运的云谲波诡。

为什么选择此时离开老家？见面的一刻钟内我就表示了难以理解。

李师蜷着她的一双长腿缩在寒碜的沙发角落里边涂指甲边看凯凯王的综艺，听见我的问题，也表示好难以理解。她哦哦嗯嗯地涣散着注意力，心不在焉地回答，不过是想换份工作，正好北京有公司要她，她就来了。那淡然的表情让我诡异地联想到《非诚勿扰》的广告语，“我是李师，我来了，你在哪儿？”

阿谢在第一晚临睡前幸灾乐祸地问我：“比起李师，我是不是个对生活很有计划的人？”问得我无言以对。

李师英语系毕业，在二线城市的新东方，也算口语的王牌教师之一。谁都知道，在培训机构里，新东方翘楚，不仅薪水可观，也捧出了大堆明星教师。李师忙时上课闲时瑜伽，平日里还写写音乐博客，而且像开头的女网友一样，也有个保守却死心塌地的男人跟着，小日子过得有滋有味。也不知脑子被哪架飞机撞过，她忽然厌倦了在小屁孩儿面前表演脱口秀，想看看除了教英语，自己还能做什么。

我说，这好办啊，你可以学了法语再教法语么……她顿时觉得我各种商都有问题。

就像阿谢与Winner一样，李师仿佛背上装了火箭，说变就变。尽管，我也觉得在搜狐音乐做内容编辑很酷炫，某种程度还搭上了互联网的末班车，说不定还能在办公室里遇到我最喜欢的大鹏；尽管，李师的收入确实秒杀Winner和阿谢，也能住上比惠新里更好的房间；尽管，她说同事、朋友、环境一切都很好，生活比做培训老师的时候有趣多了……尽管了那么多，我却依然会想，最好的时机早已过去，你为什么还那么不安分？

我想我是故意的。

那是个周六，她又在家看凯凯王的视频。我从本科同学会撤回来，装作不经意地提起，自己所有留京的本科同学在北京都买了房。之后说起在北京的种种难处，接着也学着李师那懒洋洋的表情问她：“说吧，你以后打算怎么办？”

她被视频逗乐，嘟囔了一句“他又在装直”，然后回头看我：“什么怎么办？当然是走一步看一步。”好像我提的问题完全不是问题。

有一瞬间，我确实打算老生常谈“人生要有长远规划”的，却实在说不出口。因为我发现，她很快乐，比我快乐。阿谢笑我多事，“你不用担心她，她过得很好。”她说李师间歇性脑子发热是真，但比起C小姐，她好歹还有个正经工作。

6

在阿谢的三居里，我本不想谈起C小姐。因为我几乎可以算是不认识她……这位女士神龙见首不见尾，借宿的日子里我一共只见过她两面。有关她的故事，都是从阿谢和Winner那里听来的。

尽管如此，C小姐也确实是让人印象深刻的。那一身的名牌、浓郁的香水还有烟熏Look配大红唇，非常高能。阿谢说她三十多岁时，我简直不信。她是阿谢前同事的朋友，据说寄居在这里是为了创业。

C小姐毕业于伦敦政经学院，在投行工作了好几年。跟前三个姑娘不同，她已婚，老公的国籍、年龄、相貌、性格皆不详，唯一确定的是现在还留守在英国。C小姐离开英国，是为创立一个国际化的线上服装品牌，特意来拓展中国市场……嗯，脑洞开得有点大，鉴定完毕。

我在家的时候，她没几天在家，说是正到处拉风投。我欣赏过她那号称高阶的服装品牌，大约所谓的定制设计总有点群魔乱舞的味道，我觉得那些款式都只能在梦里穿一穿。我要走的前一天，C小姐很晚才回来。她诡异地留了两只才上架的对戒在我和阿谢的床头，卡片的祝福语是：早日幸福。那两只银戒通体泛着碧绿的光泽，很是诡异。她是希望我浑身泛绿光吗？我悟不到。

阿谢接住我往上抛的戒指："如果你想要支持她，就成为她的核心用户吧。"

"什么是核心用户？"

"核心用户的首要任务是多在她的网站上定制衣服。"

我干笑了一声，觉得还是不要了吧……

截至今天，那是C小姐最后一次出现在我的对话里，但我离开的那一天在机场忽然想到，这么大年纪了，还和老公分居，该怎么生娃呢？

7

我很清楚，即使我现在把这些故事像拉屎一般慢慢地讲出来，那个给我豆邮的女网友大约也看不到了。她不会知道我有这样的一些她眼中的大龄北漂朋友；我也不会知道她是否还在县城当公务员，是否还和小城男友在一起过着小城生活。

多少年来，说起什么北漂、海漂、各种漂，人们口中多多少少总有种蔑视的感觉。毕竟只有那些“混得不够好”或者“混不下去”，过着“穷苦、悲剧且没前途的生活”的小青年们才会被叫作“漂”；而那些富二代、王老五、青年才俊之类的不管祖籍是不是北上广，从不会被叫作“漂”。这样想来，我心酸不已，因为我是前者。

我并非由于穷和辛苦才离开北京，尽管我确实离开了北京。不过我的朋友里还有那么多人留在那里，有人会像我似的回来，也有人会落地生根。这只是一种生活的选择罢了。不过，当我切实地因为二线城市不够开放的职场环境生气时，我也会想念我待了十年的大城市，羡慕那些漂。这时候，头脑中总会有个小人儿跳出来安慰我：别羡慕啦，阿谢和Winner太穷，李师没规划没前途，而那个奇怪的C小姐，也只是家里有钱罢了。她们这群姑娘，永远没有所谓的“前途”。可还有另一个小人说，别羡慕啦，You will be back。

爱情猎头

潘小姐：“我最爱的，是把不着边际的男女凑在一起，让他们钻石恒久远。”

这不是系列相亲故事，因为主角不相亲，她安排别人相亲。

按照俗称，我们可以叫她职业红娘、专家媒婆、相亲皮条客或者好听一点的——爱情猎头。

1

潘小姐是位爱情猎头。

她服务的对象是那些完全没时间在泡妞上试错却舍得在相亲上一掷千金的“高端”男士。潘小姐根据他们的要求到处寻觅合适人选，竭尽所能地说服女方去约会，以把俩人撮合到民政局为最终目的。

跟别人谈起工作，她总会被问，“你是在珍爱网还是百合网呢”

或“一上班就得盯着屏幕打电话很辛苦吧”。其实很多事情完全不是我们预设的那样。潘小姐算是半个自由职业者，她不供职于任何的相亲机构，甚至也不用坐班，只是给合作方提供有效资源。从工作行程来看，她只需一周花两三天出入于私人俱乐部、商务咖啡厅或高尔夫球场等中高端场所，跟女孩、女人、女孩或女人她妈聊聊天就行了。

毕竟客户都是有头有脸的精英，大多眼高于顶，有极多的个人癖好——有人喜欢博闻强识的海归女学霸，有人贪恋胸大腿长的傻白甜平模，亦有人追求性冷淡风的投行分析师。除却个人条件，男士们还对女方有各种各样的家庭背景要求：得有京户，得出身小康，得有深明大义的父母……一句话，他们都很难看上随便从机构数据库里“划拉”出的Girl，是以潘小姐必须根据男士幺蛾子百出的想象进行私人定制。

她的日常工作状态应该会让很多女孩羡慕——

挑一个正能量和雌激素都高涨的日子出门，职业妆、高跟鞋、小香风一样都不能少，手持时尚杂志，坐在社交场合最显眼的位置。盛装出席有助于增强自己的可信度，而时尚杂志的内容（服装、美容、情感）通常会成为和女孩搭讪的由头。之后几小时，她假装随意，其实很认真地在观察周围的女性，默默地打量她们的衣着、动作、谈吐，分析其可能的职业、家庭及教育背景。接着选择性地上前攀谈，最后获得她们的联系方式。

由于这流程实在太安利，我一直很怀疑其成功率。假如我面前突然出现她这么看上去高大上的女人说要帮我相亲，我的第一反应肯定是：妈蛋，骗术，肯定是骗术！可恕我愚昧，我实在太低估了当今社会中女性恨嫁的程度。尤其是很多大龄白骨精，尽管人前过着美好的单身生活，心中却对“A女嫁D男”的未来很恐惧。所以，在潘小姐的劝说下，不少人愿意死马当活马医。何况，留下联系方式不要钱也不会死，好伐？

对于我把她的成功都归功于社会环境，潘小姐显然很不开心，“明明是我会察言观色，有亲和力，才能跟她们搭上线好吗？”这也是，装熟、套近乎、插科打诨，是潘小姐从小就具备的必杀技。

2

我和潘小姐认识得很早，而关系却比较复杂，可以总结为：头几年相爱相杀，中间几年知根知底，最后几年互帮互助引为挚友。

潘小姐是漂亮姑娘，所以后来她考上了艺校。当然，最直接的证据是她身份证上的大头照，清纯又自然，半点不脸残——爱美之心人皆有之，本来我应该很喜欢她，可我们中间横着个愣头青，那些理论上的好感因此灰飞烟灭。但她与我并非情敌关系。简单来说，我最要好的哥们儿喜欢上潘小姐，在她身后奉献青春奉献爱，跟屁虫似的一厢情愿。膝盖跪坏了，人低到了尘埃，到头来却只换来了男闺蜜的身份。

喜欢就上，不喜欢拉倒。只有贱人，才那么矫情地暧昧不明。我讨厌她，是这个理。

后来我原谅了潘小姐，因为我哥们儿虽成了她的“男闺蜜”，却还是托她的福获得了初恋。这点我挺佩服她的，她在不知不觉中，竟把自己的正经闺蜜移花接木成了追求者的女友。

短短半学期，潘小姐制造了无数场合让他俩“巧遇”，让他们有足够时间发现彼此的好。其实当年潘小姐的手段不算高，不过是去游乐园时说自己恐高，站在跳楼机和翻滚列车下面等他们；或者逛街时故意走得特别慢，让两个人在前面等她的时候能聊上一聊。手段是幼稚了些，但一个初中丫头能有这样的筹划已经很不容易了。最后结果很圆满，正像潘小姐所希望的那样——我哥们儿主动找她闺蜜表白，虽然没白头偕老，好歹也幸福生活了好几年。

“我闺蜜白皙好看，喜欢电玩又擅长运动，有时是粗声粗气的泼妇，可内在却非常小女人。而且她耳根子特别软，属于根本不能对别人Say No的类型。如果你哥们儿不喜欢上她，不是基佬就是Gay！”潘小姐当年分析情况时，就俨然资深婚恋专家的模样。

“可你的裙下臣转向，你心里不堵？”如果有人这般喜欢我，就算我不能回应，也宁愿对方一辈子单身都别另选他人。

潘小姐忙着为自己指哪儿打哪儿沾沾自喜，才没空不舒服，而且，“我的裙下臣多了，又不差这一个！”

第一次撮合就大获全胜，此后更硕果累累。潘小姐生拉硬拽成就了好几对学生情侣，也树立了她在老师眼中班级搅屎棍的形象。班主任明里暗里批评过她好多次，说有的同学不要助纣为虐，间接把朋友推入火坑。可潘小姐就是咬死不放，明修栈道暗度陈仓。她的箴言是

“没有早恋的人生，是不完整的人生”。她自己恋爱幸福，也该兼济天下，是以她总是顶风作案，给坠入爱河的同学出谋划策牵线搭桥。

年纪那么小，做红娘就能有如此造诣。这么想来，潘小姐会成为爱情猎头是天注定，一切只是时间问题。

3

虽然职业是注定的，但填志愿时，潘小姐却一毛钱也没想过要做这行。

高三潘小姐参加艺考，成为省音乐学院播音主持专业的学生。按前辈们发展的正常路线，她将来也许会成为电视主持人、电台播音员、声优、记者、龙套演员或私企老板的秘书……可是，演艺圈太难混。在没背景，没特点，又不愿被潜规则的情况下要出头，就跟科盲企图成为科学家的概率差不多。

有一年潘小姐去实习，没多久同去的小姐妹都跟着外出采访，独独她却被甩在办公室里的小隔间里，完成把录音“翻译”成文字稿的机械工作。她很愤怒，找台领导陈情，结果差点被扣上好大喜功的帽子。领导批评她，走路都没学会就想跑，太不脚踏实地了。后来辗转才知道，原来那些看起来和自己在同一个起点出发的新人来头都不小。机会有限，排队的人那么多，怎么也不可能轮到她。

如此半年下来，潘小姐的专业能力几乎没增长，唯一的成绩是帮同间办公室的摄像大哥和他的跟班小弟找到了女友——这为人相亲的潜力真是在各个时期都光彩照人。实习结束，大哥和小弟为表感谢请她喝酒，酣畅淋漓时不禁推心置腹。

大哥很实诚地说：“做这行的女生都得能豁出去，你能豁出去吗？”说完从头打量到潘小姐的胸部。

潘小姐双手护胸，把头摇成拨浪鼓：“豁不出……”

小弟则很诚实地补充：“姐，其实你根本不适合娱乐圈，各方面都不适合！”

这总结让人失望，但话糙理不糙。

看不到前途的潘小姐，在实习后决定放弃演艺圈的浮华。找工作时托了一点家里的关系，后在机关的人事科上班。噗，但她机关的生活实在无聊，除了喝茶打杂，就没别的内容。一辈子就这样了吗？潘小姐也常常问自己。可如不是那场婚礼，拖延症晚期患者潘小姐不知还要那样在办公室里蹉跎几年。

4

据说，在那场跟我毛关系都没有的婚礼上，新郎和新娘能喜结良缘，全是潘小姐的功劳！因为对新人颇有“恩德”，潘小姐被他们安排到至亲桌，十分受宠若惊。席间，新郎做婚介的舅舅握着潘小姐的手万分激动，说：“我给他介绍了那么多他一个都看不上！你一出马，他立刻就说找到真爱了，小姑娘你太能耐了！”

舅舅又感慨了一番，最后出乎意料地递给她名片：“要不要到我们公司做专业红娘？”

是随口一说，却也诚心诚意，新郎舅舅确实认为潘小姐是这领域的人才。加上婚礼煽情的氛围，潘小姐便真接受了这意外的Offer。

最开始潘小姐只把这事儿当玩票。

她利用机关上班的闲暇时间，把周围有求偶需求的单身女性的个人资料整理归类，挑合适的提供给新郎舅舅。偶尔，下班或周末也跟着专业红娘们约见客户做访谈，了解来相亲的男生到底有什么需求。

话说这种偷偷占用公共资源不好好工作的态度及做法绝对是值得鄙视的！蹭电蹭网混时间也就算了，她竟然还使用单位的打印机输出会员的资料，全彩的！如果我是她领导，分分钟开除她！

5

时光荏苒，岁月如白驹过隙一去不复返。不知不觉，潘小姐携手副业走过了整整一年了。

这三百多天里，潘小姐有两单做得特别成功。

一个案例的客户是被胁迫来的，他妈用跳楼和断绝母子关系逼他。如若不然，以他的性格，就算已经快四十岁了，也根本不会想到相亲。由于并非自愿，男人没提任何要求。无的放矢，红娘们很头疼。前后对象换了快二十个，主角仍没想恋爱的心情。生意做到这里，其实早亏本了。然而签了包相过的协议，新郎舅舅可不想奉献几万的赔款，把单子推给潘小姐，纯粹抱着死马当活马医的心态。

潘小姐没把自己当月老，她答应接这案子的主要原因是觉得即使单子没成，至少还捞着一朋友。这样想着，就真的把他当成了朋友。

聊广播，聊娱乐圈，聊爱情，聊那些最普通又真实的话题。潘小姐发现，男人不是不会爱，只是对纯粹的爱执着，他不想为任何东西妥协，而他的梦中情人也应该和他一样。

“相亲目的性太强了，拿钱换对象，就像在交易。”男人脸上的厌恶简而易见。

不该给这样的人相亲的！潘小姐总结。

“I Quit，但你不准索赔！”潘小姐很坦率，“否则，为了履行和你妈的合同，婚介所会一直给你介绍新对象的。”

男主角同意后，新娘舅舅高兴坏了。可事情还没完，没过多久，潘小姐邀请他参加闺蜜的“单身趴”。原因是每个女孩儿都必须带一个非男友的男伴。之后，男人决定追求在聚会上遇到的妹子。得手不是巧合，那夜有好几个妹子都是潘小姐安排的“鱼饵”，大家在他面前不露声色却火力全开，就等着他乖乖上钩。

“我提供资源，他负责选择。”指导原则是这个，但不是所有人都适合一板一眼说要求，然后跟陌生人约会。特别那些反感相亲的客户，目的性太强会让他们感觉不舒服。透过有色眼镜，根本看不到对的人。

另一个案例里的客户是普遍意义上的奇葩。

电商，是有钱得让婚介所不能拒接的VIP。跟之前的完全相反，他的要求非常明确：对方无恋爱史、无婚史、无性史；年轻，胸要大（至少D CUP）；身高不能超过160cm，肤白胜雪；中国人，祖籍除河南、福建和东北的以外都行。最重要的是婚后必须在家做全职太太，生两个孩子……唉，这List我都说不下去了。

最开始潘小姐对这样的要求是拒绝的。那家伙自己的恋爱史、婚史、性史全都具有复杂而斑驳的记录，还想娶没恋爱过的处女？这也罢了。他本人是没礼貌、没气质、没内涵的三无人员，可跟他结婚还要接受那么多不平等条约，凭什么？

“先生，那您看我怎么样？”潘小姐几乎脱口而出，其实她是想说，您这种资深老癞蛤蟆就别老想着吃天鹅肉了。结果电商的回答差点让她闪着腰，人家挺不好意思地暗示：姑娘，我知道你也挺好看的，但你的胸围……是不是小了点啊？

潘小姐忍住愤怒到离席的心情，饭局后她对新郎舅舅说，这活儿我不接了，我不能给个傻子介绍姑娘，他脑子有问题。新郎舅舅劝她，他要脑子没问题，能单身那么多年吗？但我们做婚介的，不是要去纠正客户的人格，而是要帮他找到合适的对象。再说，你咋知道就没女孩子愿意嫁给他？潘小姐气结：“就算有，那也肯定是一更大的傻子……”

为了证明新郎舅舅是错的，潘小姐留下来继续为大款找老婆。现在的少女应该没那么肤浅吧！她笃定自己肯定找不到目标资源，可结果刷新了她的三观。真的不仅有满足要求并答应条件的，而且数量不止一个，其中还囊括潘小姐的大学同学。这位同学就是最后进击的巨人，成了大款的未婚妻。潘小姐挺难过的，尽管这同学与她并不亲密，但她总感觉是自己害了人家。她甚至跑去跟同学表达“即使你不跟他好，我也不会被开除”的意思。可同学笑翻了，说大款对她好得上天入地摘星星摘月亮的，他俩都快结婚了。完了还拉她的手，无敌诚挚地谢谢她。

那一刻潘小姐忽然懂得，原来每个人付出爱情的条件都不同，但每个人都有权利得到爱情。做全职太太，生两个小孩，本是很多女生的梦想。嫁给大款看似恶俗，可嫁给草根也未必就幸福一生。何况，除了那些要求和不上档次的条件，大款也是个好情人。

帮大款寻爱成功后，新郎舅舅撺掇潘小姐做全职员工。不仅给出优渥的待遇，还给了她精准的定位，说小打小闹的就别搞了，她手上资源多，过来专供高端客户。也是从那时候起，潘小姐开始思考是否要把红娘作为自己的职业——好看的工资单、不乏味的生活都是吸引她的地方，但潘小姐最爱的，还是把不着边际的男女凑在一起，让他们有钻石恒久远的可能。

那个对相亲深恶痛绝的男人在结婚前和女友特别送她一盒永生花作为感谢，把她感动得连续两天觉得自己使命重大。而那个她最看不起的奇葩电商，在婚礼上把她和自家人安排在同一桌，让她一定要光临他儿子的满月酒……那些普通而暖心的时刻，让她意识到：带给别人幸福，对自己而言，比待在机关抄文件要有意义多了。

6

于是，潘小姐的爱情猎头生涯正式启动了。她与多家婚介机构合作，提供稳定而优质的单身女性资源。我们都喜欢打趣她："以卖姑娘为生……你好像老鸨耶！"她很有信心地反驳："我又不卖姑娘，我只卖姑娘的资料，而且是经过授权的哟。"

那会儿我那追过她的哥们儿正失恋，听说她“卖姑娘”，去找她帮忙介绍。结果潘小姐白眼上翻，一句“你高端么”就击溃了他的预期。

有演艺圈的经历打底，潘小姐的工作推进得很顺利。

照理每个月只要有四五个姑娘愿意接受约会的邀请，潘小姐的收入就很有保证，但这其实并不容易。很多时候跟人说得口干舌燥，也不一定能获得人家的真实资料。只有加大狩猎的范围和频率才能提高命中的几率。

于是，男同学成了她的潜在客户，女同学则成了她的目标资源。她极其敬业——每每见闺蜜，都会职业病似的问，单着么，有需求么？走在大街上也会忍不住张望周围是否有妙龄女子，然后跟个蕾丝边一样去搭讪。

7

阅过无数人的爱情观，拼老命凑齐客户的另一半，那自己呢？

“我么，基本活在客户的纠缠里，每个月都换一个。”这是潘小姐职业的福利。

潘小姐漂亮，以前也是打算做主持人的。如果现在真的当了主持人，说不定早就嫁入豪门了。所以她的问题不在于没对象，而在于对象太多。当上职业红娘后，她常遇到如下情况：明明是去了解客户需求的，却被客户第一眼看上了，说“我不要别人就要你”什么的，然后就没法愉快地干活了。或者特地陪着胆怯的女主角去约会，坐在旁边依然喧宾夺主地被男主角敲定，弄得女主角在旁边撕心裂肺……

有的还好，被婉拒后就撤退了。有的钉子户简直了，怎么威逼利诱都不走。最执着者甚至交钱指定潘小姐做自己的专属顾问！整件事儿中最高兴的就是婚介机构的老板，毕竟专属服务还有一笔庞大的费用。

后来，潘小姐决定只负责提供女性资源，拒绝直接跟男客户接触。台前变成了幕后，其实对她的收入有很大影响。但潘小姐这么做，有不得已又坚决的理由。

“我永远都不能忘记她幽怨的眼神……”

她是潘小姐在秀场遇到的女生，模特，勾搭成了朋友。潘小姐把她介绍给一个客户。客户少年得意、潇洒多金。她很中意他，头次见面就无比热情。也许是太热情了，反而给人廉价的错觉。最后客户说，自己还是更喜欢潘小姐那样的女生——明艳“冻”人，不卑不亢。潘小姐当时也在现场，尴尬得恨不得找个地缝钻进去。

“我估计她差点就扑过来和我撕了……”潘小姐很无奈。

世事无猜，爱情峰回路转。

客户调头追潘小姐，潘小姐没答应，却不小心被他带来的“炮灰”用封邮件一举拿下。据说那封邮件里，附带了九十九个优质姑娘的详细资料——这可足够潘小姐一年半不出去“猎艳”了。

“这种认识的姑娘都可以组队打仗的男人，随便用汗毛想一想就知道很不靠谱！”自带那么多资源，出轨的可能性也太高了。

但潘小姐一点不怕，她认为只有见多识广才能知道自己到底想要什么。而像炮灰这种妇产科大夫，连女人的裸体都能随时看到，将来面对诱惑，抵抗力肯定比一般男人强。而且，“我认识的男客户更多，我甚至知道他们的房产和银行存款（婚恋机构为了验证客户财产的真实性，需要提供繁复的证明，有时甚至比查户口更加严格）。”

8

工作有趣，还依托工作找到终身依靠，这让很多女孩羡慕。可要吃肉总要先挨打，当潘小姐决定辞去机关职务做爱情猎头时，举家反对。在他们眼里，自由说媒人和神棍类似，都摆不上台面。她妈怒其不争，直吼家门不幸，就差没打断她的腿。潘小姐为此搬出了去，很久都没回过家。直到最近，潘小姐带妇产科医生回家吃饭，说两个人要结婚。她妈盘查后对女婿满意得不行，又听女婿对潘小姐狂风骤雨般的夸奖，才暴雪转晴，稍微改观了对爱情猎头的看法。即便这样，他们也依旧不支持女儿继续这份工作。

我不知道，潘小姐爱情猎头的事业生涯有多长。其实她也不知道。尽管这是有趣且有意义的工作，她愿意继续，但也不排斥别的尝试。唯有一条是笃定的，那就是要做和爱情有关的东西——也许开婚庆公司，也许写情感专栏，也许结了婚在家做妇产科医生的全职太太……玩法那么多，尽可以纵情嗨。她金盆洗手的那天，我一定会很难过，因为这意味着我会失去好多好多备胎的资源……

The 4th Avenue

Wuli风格研究

人的一辈子到底用来干什么？如果非得回答，我大概会说，用来有意思或者无厘头。

讲真，其实我不知道怎样才算有意思。也许是不特定的目标，也许是不带功利心，也许是不在乎周围人的看法，又也许是不顺应大众意识里的成功学。专心致志，甚至矢志不渝地坚持着大半个地球都认为“没用”的事，在那些自私又不登大雅之堂的小癖好里乐此不疲。

而无厘头，则是一种跟断舍离比肩的风格，它让所有人都很难明白其中的逻辑。比如我永远搞不懂他为什么拒绝用热水洗澡，她为什么吃火锅会吃出性冲动，他为什么必须找到后背中央有朱砂痣的女孩当老婆，还有她又为什么每年都要考一个跟工作没有毛关系的职业证书……

没用的，诡异的，有趣的，别人无法理解的生活症结，偶尔也会让人觉得这些是在这毫无惊喜的世界里巨大的亮点所在，犹如黑色苍穹下闪亮的星辰，是在规则和限制的压迫下，生长出来，可以区别于所有人的独特自由。

■ 小店青年的温柔时光
■ 神奇QQ群
■ 学习型Uber
■ 怪癖搜奇簿
■ 【The Fork I】生活里的生活：一个ID就是一个传说
■ 【The Fork II】生活里的生活：简易B角儿攻略

小店青年的温柔时光

他们和她们，“嗯，就是爱啊，没办法的。”

春节到大理避寒，住在才村的客栈，往外走两步就是怡人的洱海。主人是对深圳的夫妇，以前是银行高管。他们把深圳的三居租掉，用租房费在才村租了座小楼。客栈有间小小的咖啡馆，布置得简约温馨，是女主人的自留地。他们说厌倦了城市千篇一律的生活，想给灵魂放放风。客栈雇佣的小厮颜值高得吓人，若非他坐在前台，我还以为他是来度假的三线小明星。男孩服务周到，成天为住客跑上跑下。见他很少停下休息，闲聊时我便说：“你都不累的吗？”他仿佛听到了好有趣的提问，笑容灿烂地告诉我，到这里后他全天二十四小时都在休息，怎么会累？那时我才懂，他也是来给灵魂放风的。

很多追求自由的人都想开间小店吧。做自己爱做的，懒散、灵活，不用整天对着唯利是图的老板和口是心非的同事演宫斗，还有钱赚——这才是梦想的生活嘛！不过，我认识的那些拥有“梦想生活”

的青年们，却并不比上班轻松。他们和她们说，开了店才知道，以前是朝九晚五，现在至少朝五晚九，每秒钟都有操不完的心——

8:00
手办城堡

清晨，鼓浪屿的小街都安安静静的，但她和他早已把店铺打扫好了。甜品店不大，加上厨房统共才三十平，因为离海不远，空气都是咸湿的。

八点，朋友送来凤梨后，她就开始忙活了。

削皮、切块、搅拌，和微甜的麦芽糖和在一起熬制，凤梨变成了香甜可口却不腻人的内馅儿。为了保证每块小点心的味道相差不大，她小心地称着皮和馅的重量，调整后放进食格，接着烘焙。通常一盘凤梨酥的制作要花上整个上午，过程神圣得像教徒的参拜。她在厨房辗转于食材的时候，他就在前台招呼客人，为他们煮杯咖啡，闲时顺带为凤梨酥的包装画画。小店里出品的凤梨酥除了由手工精心炮制以外，上面的包装纸由他全权操办，每根线条都是独一无二的。没有添加剂，没有机械化，就是希望人们能吃上用心、认真的由好材料制作出的食品。是这份对极致的坚持让他们的淘宝店口碑越来越好。

她曾留洋学习，他也有让人羡慕的工作。他在她兼职的咖啡店遇到她，沉溺在她泡的红茶的甘润和凤梨酥的香醇里，也沉醉在她全情投入的宁静里。她说她要在海边开间店，专门做凤梨酥，然后让她的孩子在店里写作业。他当真帮她一起办到了，如今他们的宝宝半岁了。多少人不理解她和他的选择，但他们却爱极了这种简单生活。能分享美食，能传递认真爱的心情，能感染每个到这里疲倦的旅人——这是多么的幸福，就像晨曦里的海风。

10:00
指尖造梦师

她上了十号线，因为是周末，地铁里并没有平时那么多人。现在是九点半，半小时后，就是与客户约定的时间。三里屯小巷里的Costa，她见到了今天预订做指甲的女孩。质料上乘的披肩、紧身皮裤外加漆皮的马丁靴，时尚感爆棚。她点了杯美式就坐定，把工具箱放在桌面上，然后观察起对方的手。“指甲修圆吧？”得到女孩的应允后，她开始为她做基础护理。

修死皮时，女孩自顾自地说：“今天中午要参加朋友的婚礼，出席这样的场合，不做指甲简直会死！”语气蛮夸张的。

“你跟Jolin很像。”她笑笑。

女孩话锋一转：“下午还有客户吗，这样做一个月能有多少钱？”言下之意是，在这样的大城市里，靠做自由美甲师，你养得活自己么。

她又是和煦的笑容：“还凑合。”其实加上女孩，今天她还有四单，人均两三百的消费，总和算来比很多坐班的小白领要高多了。唯一麻烦的是上门服务，不管风霜雨雪，再远也要兑现。北京的天气像瘟神，每个季节都不温柔，还有雾霾，这是宝贝皮肤的她最讨厌的。

被蓝丝绒覆盖的指甲，像夜空一样美丽，她用带金粉的颜料在上面画波点和线条，娴熟又仔细，仿佛在米粒上微雕作品。女孩探头，屏住呼吸盯着她移动的手，心里有一点点喜悦：朋友推荐的这间微店，虽说贵了些，但果然很值。店里的美甲款式据说都是店主原创的，和连锁机构的不同，每款图案都像精心构思过的艺术品，充满想象力。她第一眼看上的，就是正在做的“星空”，五只手指能表达一个星座。

“你以前就是做美甲的？”女孩惊异于她在绘图上的造诣。

这是她第三次淡淡地笑了。她才不会告诉她，她是央美工笔画的研究生，从七岁起就是美甲的发烧友。因为绝佳的美术功底，她比百分之九十九的美甲师都更出色。微店才开了一年，接单接到手软。目前她的困惑是，毕业后自己到底要不要找工作呢？

12:00
在果园里相爱吧

正午是阳气最重的时候，这大约是人们常常选在此时结婚的原因吧！

生机勃勃的果树围着一片小小的湖，湖中有间五十平的木质小礼堂。礼堂的南面是用向日葵点缀的植物墙，瘦子新郎站在它前面，等着穿白纱的新娘。他倚着玻璃门框站了会儿，久石让飘在空气里，听起来纯真又浪漫。他知道待会儿又是能让人湿了眼眶的场景，因为他在果园里见过太多了。但他来不及观赏新郎和新娘拥抱的样子，他得去问厨房是否备好了餐，还得检查服务生的摆桌情况，事情太多了。

还好，一切都让他满意——主菜柠檬芝士烤银鳕鱼快好了，凯撒沙拉的摆盘也很漂亮，黑森林蛋糕和巧克力布朗尼一块一块地堆叠成心形。西餐厅的舞台准备就绪，只要一按，新人的过往视频会随着音乐流淌幸福。香槟塔立在中间，晶莹剔透得如童话。每张餐桌都贴心地放着宾客的名牌、新人与他们的合照、一朵盛放的向日葵还有一块象征甜蜜的巧克力……

这些清新温暖的小细节都是他和新人一起讨论出来的，希望婚礼的点点滴滴都能臻于完美，给他们还有参加婚礼的所有人都留下美好的回忆。尽管这辈子不一定只有一次婚礼，但开始时总有白首不相离的愿望，这亦是他创办这里的初衷。

虽然距城中心四十公里，这间西餐厅也远远算不上宏大。这里到处种着果树，所以叫果园；有一汪小小的湖泊，足够供人幻想；他种下四季都开的花草，一步一景都让人感动。这样美好的地方，必须有同样美好的用途。于是他设计了临湖的小礼堂，承办婚礼。租金的情况跟他听到的爱情故事有关：如果两个人只是凑合结婚，价格便有些高昂；假如爱情让他感动，他收个成本价还免费当婚礼策划。

是的，他不大在乎钱，因为他最缺的和最想要的都不是钱。

他结过婚，曾有个喜欢打扫和做手工的妻子。如果她还在，一定也会喜欢在这里举行婚礼。可直到离婚，他们都没举行婚礼。那时他为钱满世界乱跑，连蜜月也没给她。她离开他不太久，查出乳腺问题，很快便撒手人寰。他难过得像脱掉了层皮，不知道如今的凭吊还有没有意义。

14:00
一茶一座一天堂

热浪袭来，商业街人潮涌动，午后两小时，世界被汗水浸湿了。

离主街不远处，是条小巷，两旁的骑楼鳞次栉比。底层多是些不上档次的小店，贩卖山寨的驴牌包，盗版的辣妹（La Mer）面膜或是贴着维多利亚的秘密的小内内，十元三条。跟这些“邻居”相比，她和她的品茗铺，如此格格不入。

她在紫檀木桌前正襟危坐，静静地等着水烧开。

对面是个中年男人。男人瘫在圈椅中，神情疲惫得要命，这几天他被投诉的业主追得满城躲，大脑都快爆炸了。她的茶店是他最后的堡垒了，有时候比家都要安静自在。

她把沸腾的水装进装好龙井的茶盏里，停了片刻，就转手拿起茶盏将茶汤倒入有漏斗的公道杯中。洗茶结束，倒入第二次热水，接着用杯盖稍稍翻动疏松茶叶，这样泡出的茶汤才最香醇。茶汤首先落入闻香杯，之后又快速地翻转流进品杯。她轻巧地把杯子放下，递给男人。动作一气呵成，招招式式都清丽不可方物。

男人接过来，眼神还停在她的手指上。她永远都这么沉静温柔，身上萦绕着不会褪去的茶香，那是比Chanel No.5更久远的味道。她今天穿着景泰蓝色的麻质茶服，尽管脂粉稀薄，眼尾只一点若有似无的紫，但他知道就是这样的淡妆素裹也是出门前精心打扮过的。当然，他更知道，她如此赏心悦目不独独是为了他，而是她对每个茶客平等的礼貌。她希望来这儿喝茶的人，身心都能放松，能被茶的滋味洗礼。

原本是陪朋友过来选茶，做好了听到源源不断推销的准备，这样的预设让心里颇为不耐烦。可没想到，她只字不提生意，却拿出新得的碧螺春给他们尝。朋友问价，她笑着说这样顶级的珍品，她都难得一见，让他们就别做梦夺爱了。忽然间，他对这里有了好感。后来他才知道，茶对她来说可不是商品，而是种气韵。她喜欢这样安静而惬意的品茶生活。

她卖茶着重在品茶，她品茶是为了传播文化。“就因为这么喜欢它，所以大概永远也赚不了钱。”每次解释为什么会选如此诡异的地方做店址，她都会调侃自己，因为免费给客人品了太多茶，租金都快交不上了。

16:00
在木头里寻片刻的匠人情怀

空气里，飞扬着木屑的味道，那是种很奇妙的气味。对他和他而言，和阳光后的泥土一样，芬芳又愉悦。

他正用刻刀沿铅笔勾勒出的轮廓刮掉多余的木头，木屑卷曲地从香柏木上剥离，有一点优雅。他专注地凝视着自己的手，适时抬头，对围在桌边的学员说：“一定得稳住勺柄，因为这里承受的压力最大。”学员们若有所思地点头，又继续观察他的动作。他们正在进行My Wood Lab（我的木艺实验室）里的第二堂课，而第一堂课是安全培训，讲述如何做木工才能不伤害自己。

这间木艺实验室已成立六年了，坐落在市郊的艺术村里，占地近两千平米，外面田园风光十分惬意。这里每天都会迎来很多学员、会员和参观者，有男有女，有老有少。和他一样，他们都对手作和匠人精神很感兴趣。精心设计产品然后再由自己细细打磨慢慢做出实物的过程，能带来宁静而欢乐的成就感，并让人不时能体验到“高峰时刻”——如此独特的精神甜品只有木匠自己才能飨用，而他，当初也是被木作的这个特质所深深吸引。

八年前，他还在生活类杂志做编辑，一期栏目他被派去做原木设计师的专访。采访历时两周，不长，于他却是对生活的颠覆。为了获得更多原汁原味的信息，每天他都早早地出现在设计师的工作室。他跟着他，观察他如何挑选木材的样板，怎样咀嚼木头摆件的造型，也记录下他完成纯手工木艺作品的一点一滴。开始只是纯粹的记录者，后来设计师让他自己也尝试一下做木工，说这样能更精确体会其中的魅力。投入其中的他才发现，经过自己构想之后用心磨砺出来的东西跟大学时被迫参加的金工实习完全不同：前者是创造，后者只是机械加工。

采访结束后，他立刻到央美报名了专业的木艺课，还常到其他商业的木工坊偷师学艺。对，他爱上了做木匠，它代替了写稿，成为他最看重的事情。在高级木艺课上遇见他，发现彼此都有放下工作专心从事木艺的念头，于是一见如故，共同创立了My Wood Lab，想要更多人有机会来感受雕琢木制品的乐趣。

眼下是四点半，勺子的轮廓成型了。他用锉刀把勺柄磨圆，然后继续塑造勺子的细节。这过程他只用了很短的时间就完成了，因为示范得太多自己已非常熟练。接下来的步骤就是用砂纸打磨棱角，直至瑕疵完全消失。最后上油，再等木头完全硬化，一只木勺就做好了。

不过木勺、盘子什么的，只是最基础的，手快的学员半天就可完成；小家具比如方凳就麻烦些，一般需四天，还得借助机床设备；而像尤克里里这样的乐器，从挑选合适木材到后期处理都更为考究，则需长时间。实验室里的学员们还可按照自己的心愿做出更个性化的玩意儿：曾有男生以檀木为主料设计了一只浮云状的发簪作为恋爱三周年礼物送给女友，亦有少妇比照儿子在幼儿园画出的大作，加工出活灵活现的木摇马，逗小家伙开心一笑……嗯，是的，在这个流水线复制力超强的时代，所有亲力亲为的东西都更弥足珍贵。

19:00
和汪星人的定点约会

周二是Memory的会员日，七点开始，饮品打八折，如果带了自家的汪星人和喵星人，能够折上折。像所有的独立咖啡馆一样，店里充斥着文艺的气息：实木书架、棉麻沙发、柔和灯光以及温馨美好的照片墙。但它依然是不同的，所有的细节都是不同的。

大门口标明这是家能带猫狗进入的咖啡馆（如果你碰巧也在我的城市，就一定知道它在哪儿）；进门靠右的白墙上是今日领养信息：一张流浪小可怜的照片加上大段的叙述，下面则是往期成功领养的介绍；那段到软座长长的过道内手绘着《我与狗狗的十个约定》；软座边有专门为毛小孩准备的柜子，里面放着它们的饮水设备及弟弟的“礼貌带”（防止男狗子乱撒尿的神器）；书籍杂志里有大半是讲动物的，主题墙上都是客人与他们的猫狗成员……这不仅是人的咖啡店，也是给动物的爱的空间。

“用猫狗做噱头，你真有商业头脑！”有人这样赞他，真心实意。可在他听来，这可一点都不赞。说实话，他有很多种赚钱的方法，但这咖啡店却不是用来赚钱的，虽然它在商业上也很成功。

结束医生生涯后，他几乎没怎么停顿就开了Memory，因为已在心中打了好几年的腹稿。他要做的空间是关于爱的，希望人和动物都可以来，大家一起交朋友。借助小店，能让更多人注意到流浪动物的生存不易，然后团结一切可以团结的力量帮助它们。比如小店免费为小动物保护机构提供会面场地，把它们的救助活动向客人推广，也收容那些暂时找不到寄养处的小动物……

要做这样的事情，他本来铁了心要亏钱的，谁知竟大获成功，不仅顺利地举办了活动，小店还有盈余。他很欣慰，世界毕竟还充满着爱，只是有时候没有途径让大家表现爱罢了。

今天的会员活动有两项，第一是德国小动物协会理事讲述在德国他们是怎么帮助流浪动物的；第二是金毛麦麦的十岁“生日趴”。前者谈论的问题挺严肃，后者就欢乐得多，所有的狗子都开始放风，冲特制的狗蛋糕飞奔。麦麦乖乖地坐在主人身旁，嘴角似乎是上翘的。在大型犬里，它是老奶奶了，尽管腿脚不便，但主人还是很喜欢带它出来玩，“让它多看看也是好的。”麦麦家还有三只汪，都是大金毛，当它们趴在一块儿，真是金成了一片！

每次看到它们，他都特别开心，能创造这样有爱的场景，是Memory最大的成就了。

21:00

用羊毛活出柔软

孩子睡着了，在旁边的小床上呼吸均匀。她戴上耳机，坐在长长的书桌边，深呼吸，开始赶制一组猫咪摆件——这是一天最静谧的时刻，她很喜欢。原来装修时，说好是两个人的书桌，其实现在它早已沦为她的私人手工台面，反正老公下班很晚，即使要带文件回来加班，也可以抱着笔记本蜷在床上看。

她撕下一段白色羊毛，对折后轻轻卷成圆柱体，接着将两端向内重叠，边滚动边用粗针戳刺。等毛球半毡化了，再用细戳针进行微调，一会儿的时间小猫宝宝头部的基础形状就做好了。她拿起朋友发来的照片，仔细观察她家宠物脸的颜色，随后掺了点金棕和卡其的毛料，对圆球进行二次加工。用拔针整理后，粘上特制的眼睛和鼻子，一颗喵星人的头就活灵活现地诞生了……

她的店，每天都会接两个手工订单，而且定价不低，但这次却是专门为朋友制作的奔四礼物，不要钱。那家伙爱猫如命，曾因猫走丢了绝食两周，整整瘦了十斤。眼下，也没什么好送她的，唯有自己动手，尽点心意。但她知道她一定会喜欢的，因为上次她来她店里参观时拿着玩偶爱不释手，最后嫌售价太高只买了个百来块的挂件。出店门前她还回头感叹："如果不是你这儿每件东西都死贵死贵的，我真想把它们全买下来！"这样的夸赞于她，真的很受用。

一万个没想到用来打发全职主妇漫长时间的爱好能发展成自己的另一片天地。

当初孩子太小又频繁生病，才和老公商量辞职回家的。其实不上班的日子对她来说并不好受，虽然她做财会时也说不上是女强人，但八小时总归还是充实的。而回家后，生活寂寞又无聊。等小孩身体稍微好了些，她便想，一定要找点事情来做。有天看古装剧，荧幕里的女人正在为孩子做刺绣，看起来快乐得都要飞起来了。她忽然想，不如做点手工吧？记得小时候每堂劳动课自己都认真又投入，时间总流逝得特别快。

相比木材、皮革等硬朗的材料，她更偏爱有柔软质感的东西，但棉麻的可塑性又太差，所以最后选了近来热度颇高的羊毛毡作切入点。羊毛毡以羊毛制成，是目前人类历史记载中最古老的织品形式之一，至少可以回溯到公元前六千年。羊毛柔软却又强韧，触感温暖又舒服。由于纤维结构可紧密纠结，所以不需针织和缝制就能一体成型。当然还有个最重要的原因，孩子第一次摸到羊毛毡就很喜欢。想到他能和自己做的玩具玩得开心，她比什么都高兴。

实体店是很后来的产物。最早，她没想过要开店，只是随意把自己做的小猫、小狗、龙猫、大白什么的放在朋友圈里分享，不成想却得到朋友们的盛赞。他们说她心灵手巧得能开店，还有好心人专门给她发送了类似的微店信息。如果开店的话，生活会更多彩吧？这样想，她也动心了。两三百一件作品，不算便宜，却销售得很顺利，不断地有朋友和朋友的朋友来下单。后来，朋友说想做一间以羊毛毡为主材的手工作坊，朋友做衣服鞋包，她就可以做摆件和饰品。

店在音乐公园里，由于是文青聚集的圣地，所以收益很不错。而比起朋友的产品，她的小手工还要更好卖。她安慰朋友：“衣服、包什么的比摆件贵，价格就把他们吓倒了。”可她老公不这么想，他说，手工更好卖不是因为价格，而是因为你把满满的爱放在里面。比如她这次给朋友做小猫，就特别模拟了她家花园里的猫窝，编了藤篮，还做了小玫瑰花在周围；为了表现小猫的可爱亲人，她在那么多照片里选了张翻着肚皮的做造型，小猫胸前的毛比其他部分的更柔软，小爪子是粉色的，还有星星点点的胎记……总之让人一看心都萌化了！

是的，她才不是简单地在做一个玩偶呢，她要做的，是通过柔软的材料创造柔软的场景和时光……

24:00
一种酒，一次疗愈

对于讲究排毒的人来说，这时间应该早躺在床上梦周公了，但此刻无疑是她最忙的时候。她正用龙舌兰调一杯叫“EX狗带（前任去死）”的酒给对面刚失恋的客人，这款不在水单上的烈性酒，是她专门用来治愈他的。他很爱对方，因而受不了对方突然跟别人离开，夜夜到酒吧买醉。类似的故事自开吧以来，她听到过很多了。

她边调酒，边淡淡地劝他开心一些。以前她很讨厌跟陌生人说话的，但既然开了酒吧当了老板，又不是那种甩手掌柜，自然要克服各种障碍。其实每天酒吧都会来很多“问题”客人，有的人郁结难解酒品又差，喝醉后会脱鞋砸服务生、摔杯子或把陈设踢翻。虽然风波不断，时时都得充当“巡警”去调停，但她却不讨厌他们，相反很希望自己能帮他们缓解心情，毕竟酒吧本身是很多失意人最后的自留地。她说：“其实我给这家店定的Slogan（品牌口号）是‘It tries to cure you one night（它会试着治愈你一个夜晚）’。”

酒吧只有她自己经营，规模很小。尽管面积不大，但由于临河，租金却不便宜。店铺的另一面靠近老小区的支路，两旁是蔬菜超市和五金店，白天人们路过时简直注意不到酒吧的存在。由于小区里多是空巢老人，酒吧最初营业时她接到过很多老太老头的投诉。幸好她做的是清吧，没有驻唱也没有扫射的灯光，加上居委会介入协商，老人们才算慢慢消停了。

虽说晚上七点才开店，但下午四五点她就得开始忙碌了。在酒吧的兼职服务生来之前，她得收拾吧台，把台面上的玻璃杯擦干净并清点今天能供应的酒。酒吧营业时，她同时兼任DJ和调酒师。尽管切柠檬、烤杯、点火、碎冰等每个动作都有伤到手的危险，但调酒仍是她最爱的事情。她一直不停地在学习、钻研调酒，深入体会每种酒独一无二的特质，希望辅以食材创造出有治愈力的酒品。另外，她在酒单上也花了很多心思，空闲时几乎都在琢磨酒品的名字、内涵和口感。把每款酒都变成一段有味道的故事，是她的愿望。

半夜两点，酒吧对外的营业终于结束了。但她的工作还没完，收吧的过程异常繁琐——清理完“案发现场”般的洗手间后，接着要把整个店铺的卫生打扫一遍，接着制作明天要用的冰块，根据特性保存材料，还得检查酒水是否需要补充……

“很多人想开酒吧，因为觉得那很浪漫，但开酒吧最不需要的就是浪漫的情怀。”她常这么说，“理性、冷静和坚持才是最重要的。要获得良性的营业状况，可研报告、营销推广和日常运作，每个环节都不能马虎。”其实对她来说，开酒吧比原来精算师的工作累多了，性价比也不高，还要时刻担心经济维持不住的状况。“可我就是爱啊，没有办法的。”

嗯，就是爱啊，没办法的。

神奇QQ群

阿柴："即使没找到Mr. Right，因为有这个群我们也得到了很多。"

经马云及其团队的精心策划，现在就连街边提着菜篮坐在大树下乘凉的大爷和大妈都知道，十一月十一日，简称"双十一购物节"，是个电商打折打到手软的日子，史称"全民剁手日"。但双十一还有另外一系列更广闻人知的绰号——单身节、光棍节或单身狗屠戮节……

对很多恨嫁恨娶的少男少女，已经无人暖手、无人暖心、无人暖床了，却还要面对亲朋好友的诘问与逼婚，本已在承受巨大的精神折磨，可到了这一天，却还要抚平心绪来过节，重新经历情人节般的花式秀恩爱，让人情何以堪……

1

我曾是条单身狗。

那些年，很多CP朋友不时对我表达各种关心。“虽然那谁现在不喜欢你，但其他人也不喜欢你哦。”“你丑没关系，总有人眼瞎的呢。”“过完今年就好，明年你就单身十年了。”……脱单旅途漫漫，且周围情况很多变——前方时而如荒芜平原，半个适龄青年都看不到；时而又供大于求地送来大堆牛头马面。一路走来，总觉得自己在感情戏里是连第一集都活不完的角色。

世道艰苦，如果再做宅基腐，找对象这事儿就更没谱。我开始积极Social，试图拓展自己的人际圈，只要有“趴”，什么主题都参加，还在豆瓣上搜索一切跟交友沾边儿的活动。就是在这样的大背景下，我被拉进了“幸福起点站”，意外地认识了绫子和阿柴——这是一对普通却又不是特别普通的女子。

2

我和她们的第一次见面在老街的小酒馆（注意我纯洁的用词，是酒馆，不是迪吧也不是夜总会，怎么说我也是个正经人）。落地的玻璃窗透出室内摇曳的烛火，密封性欠佳的外围护结构又将低沉温柔的蓝调推送而来，场景十分动人。我站在门外，按照QQ群公示的手机号给绫子发短信，微微颤抖的手指充分说明了两件事：第一，初次由线上交友到线下见面，未进行过此类“勾当”的我心情过于紧张；第二，天特么太冷了！

两分钟后，一个身穿红黑格子大衣的女生挥着手缓缓朝我移动而来。她越走越近，走到了橙黄的灯光下。我这才看清，只是个样子非常普通的女生，无论五官、发型还是身材都毫无特点。一心等着看美女的我，真的有些失望，最后只好试探着问："你……是群主绫子吗？"

她微微一笑，又略略颔首，有些害羞："是我！"

我跟在绫子后面，刚进酒馆的大门，一位体型健硕、动作敏捷的"大姐"扑过来，咧着嘴对我夸张地笑："你的ID就是二那什么的吧？"

我愣愣地点头，觉得自己大约有面瘫党的嫌疑，否则人家怎么会拍着我说："别拘谨哦别害羞，我是阿柴。我们这里的氛围是最Easy的啦……"嗯，阿柴。是阿柴不是废柴，QQ群的另一个主力管理员。

我跟着她们到酒馆一隅的座位，围在茶几四周的有七八个和我年纪相仿的年轻人，他们朝我善意地颔首Say嗨。我谁都不认识，只好坐在绫子和阿柴旁边。因我新加入，阿柴跳起来扭了扭，又让大家自我介绍。我盯着她眉飞色舞的模样，觉得她和绫子是很不一样的姑娘。

自我介绍是种很无聊的游戏，但想着参加这个活动的初衷，觉得不能放过每一个可能发展成结婚对象的陌生人，于是努力尝试着把说话人的名字和模样匹配上。介绍到后来，轮到恨不得贴在一起打啵的CP，阿柴小声对我说："喏，他俩就是在我们群里认识后在一起的。"显然，她很自豪："怎么样，我们这里靠谱吧？"她搁了一脸求点赞的笑容，我不好忤逆，只得把头点得如同小鸡啄米……

3

嗯，以上勾当可以被视作网友的线下见面会。

而这些网友，都来自一个叫作“幸福起点站”的QQ聊天群。这个群集交友、相亲、吹牛等各种功能于一体——用群友的话来讲，“名字是丑了点，但有效就行”。

“幸福起点站”的公共活动频率固定，每两周一次，旨在让大家见面加强交流，毕竟只有“见光”而“不死”的，才有机会进行下一步。见面的地点十分多样化，有时在咖啡厅、有时在酒吧、有时在KTV，也有时在火锅店……活动也能算丰富有趣，除却老三套（吃饭、K歌、聊天），还会加入运动、旅行、桌游等元素。很多男女就这样熟悉了，变成朋友，变成恋人，或从朋友变成恋人。

作为单位的“老大难”，借群成功脱单的同事见我可怜，便推荐我加入。

她赞这组织靠谱，不仅有QQ群，豆瓣也有相关小站，最后还把入群申请表传给我。那申请表做得非常专业，内容包括年龄、学历或职业等珍爱网也肯定会填写的项目，我看了不由有些动心。

但我毕竟是我，长期接受科学训练，本着“全面调查用事实说话”的研究习惯，还是在入群前好好浏览了群主页。官方介绍中说，绫子和阿柴想要扩大交际圈，建立了此群，目的单纯没会费，初步地消除了我的疑虑，而她们每期活动的照片，环境优雅不俗，主角们温良恭谨，进一步松弛了我的神经。

我小心谨慎地成为“幸福起点站”的一员，平时和群友在QQ上嘻嘻哈哈打发无聊的时间；周末不加班也会参加绫子和阿柴主办的活动。一回生二回熟，三回以后尽管没跳入爱河，却交到许多朋友。自然的，也和不漂亮但喜欢穿格子衣的绫子以及外表刚猛有型但内心温柔如水的女汉子阿柴熟悉起来。

4

建QQ群不算多大点屁事儿，要有权限的话，分分钟弄几百个也成。但要招揽如此多的成员，还得坚持着频繁地组织不盈利又有品质的线下活动却真心不易。

首先，两个人必须要想出N多不同不重的内容来保证活动不冷场不无聊，这就已经很难了，假如连续两场都在咖啡店里斗地主，没准画风跑偏下次都没人来了。然后，就是通知。在群里发消息，接收报名帖，提前做好联系以避免参与者晃点。这过程很麻烦，试想我们平时吆五喝六约朋友聚会都要折腾再三，何况是组织一群完全陌生的人？等到活动的一天终于来临，绫子和阿柴还要全程陪同担任接待、司仪和摄像的工作，使流程有序进行，让群成员充分地交流。活动完毕，大家散去，她们还要将照片整理成帖子上传——工作量不可谓不巨大！

“你们不累吗？”有次在KTV，平日安静的绫子把阿信的红曲唱得如痴如醉，就像在发泄什么。我终于忍不住戳了戳旁边的阿柴这样问道。我想，我真是俗气的人，所关心的问题不过是“你们太闲了么，否则为什么要干这么费力不讨好的事儿呢？有时间有钱出去看看世界岂非更好”。

阿柴猛然转头，我的双眼立刻撑满了她胖乎乎的脸，然后她的脑袋往下垂，算是在点头。她的回答在绫子撕心裂肺的歌声中有些飘忽，但我却听得清楚。她说：“有时也觉得累，但真觉得挺值得的。每次看着群里有人找到朋友或者爱人，我都挺高兴的，绫子也是。”如此说辞毫无疑问地让我表现出讥讽与不信。我是这样的，有时候全身负能量，一瞬间就变成了黑暗系的愤青。

阿柴拍拍愤青，也没生气。

5

时间倒回两年前。

那个冬天，阿柴已失恋一百八十多天了。现实一点也不励志，因为她根本没走出来。辞了工作后，阿柴每天宅在家吃饭、睡觉、刷屏以及打豆豆（豆豆可不是一只狗）……

这样的日子过了多少天，她也说不清了。一个如常的下午，也是后来她称之为神来的下午，阿柴偶然在豆瓣同城上读到一篇声泪俱下的救助帖，忽然毫无预兆地震动起来，因女主角的经历竟和她如此相似：她也曾有一个相恋多年的男友；那个男友也在不久前移情别恋；她也失恋半年，陷在过气的女友身份里不能自拔……阿柴一字一字地看完帖子，刚随便糊起来的伤疤好像又被重新撕裂开，忍不住就哭了。

虽然早能想到，在同一个城市里，肯定不是只有她自己在经历着感情上的剜皮削骨。但由于对方陌生抽象，总无法确切地感到同病相怜的温暖。而那篇帖子，仿如火把，让周围的迷雾散去，让阿柴碰巧发现了同类的踪迹。

去认识她吧！哪怕是一根虚假的稻草也好，一个精心策划的骗局也罢，反正我一定要认识她！阿柴这么想着，就真的向帖子的主人发送了一封豆油。然后，她就认识了绫子。

6

从豆瓣到QQ，再到现实生活，相似的悲情经历使阿柴和绫子之间的距离迅速缩短，逛第三次街的时候几乎就要抱头痛哭，之后成了在陌生城市可以互相慰藉的闺蜜，最终还搬进了同间公寓。当然，她们没有被失恋掰弯，仍然觉得异性更性感……

俩失恋的宅女相遇、抚慰、互诉衷肠，无疑地就变得更加宅了。虽然这样也挺好的，周末在家一杯红酒配电影，畅快畅快人生也尚可算小资……可有一天，人民教师绫子还是在阿柴面前叹气："我们学校最后一个单身的男老师也名花有主了！周围又没有合适的人选，连个亲都没法相！啊啊啊啊，我怎么办？"

阿柴扶墙："大不了上世纪佳缘，再不济也就是交点钱呗。"

然而绫子却不愿意。前男友劈腿没遭天谴反而过上了幸福的生活，她虽想要恋爱，但也不想过于功利地印随。一是自己也没急到那种程度，二是……她也没那么多钱去世纪佳缘啊！

缺爱又缺钱，说完两个人都郁闷了好半天。

当时阿柴正在刷人人社区，也是不经意的一句，"如果有线下的交友社团就好了"。

绫子一拍大腿，开光般地跳起来："不然咱自己DIY一个吧！"

这，便是"幸福起点站"的由来。

然后就顺其自然。

俩女生申请了QQ群，在豆瓣上开了小站，组织同城活动，吸引了很多也渴望认识朋友出去嗨却无处着手的年轻人。当时的她们怎么也没想到，这个随意脑补的群在两年后，竟然变成了上限千人的大群，而小站的影响力也与日俱增。她们的圈子肯定是扩大了，最直观的就是她们QQ好友的人数。有这样自主Social的生活，当小学老师的绫子和做行政秘书的阿柴永远都不用担心周末无聊了。对她们来说，不是在做活动，就是在做活动的准备。

“我们组织了很多场活动，现在为止，群里成了的情侣有二三十对了！”这样的成果让阿柴高兴，脸上满满都是成就感。

但我真是个善于成功给氛围降温的人，我对阿柴说：“说了这么多，你和绫子不还是没交到男朋友吗？”我小心翼翼地盯着阿柴，觉得她会一拳抡过来。这个问题肯定让她们很沮丧吧！毕竟做这样公益项目的最初目的是帮助自己认识汉子啊！如果当初认认真真去相亲，狠下心给世纪佳缘交学费，一切会不会有所不同呢？

可阿柴并没因我的恶意揣测而偃旗息鼓：“其实有很多人这样说过了。”

“So？”我想表达的是，为什么不放弃呢？有些事如果坚持了两年，却还没有结局，甚至没有成功的一点端倪，可能表示这条路从开始就走不通吧！

我很火大，可阿柴很豁达：“因为我们已经得到很多了。”

她们都没有立竿见影地找到Mr. Right。

但通过“幸福起点站”，阿柴从宅女阿柴变成了会主持会搞笑会带活气氛的阿柴，而绫子呢，从无聊到爆的女教师变成了新媒体与活动策划的达人。阿柴有了动力和自信去找新工作，而绫子也变得外向和开朗。

“你都不知道，我以前很内向的，想都没想过每次活动都会由我来主持……还有她！”阿柴忽然指着狂飙高音的绫子，“以前，要这家伙去跟陌生人说话，还不如直接杀了她。但现在几乎所有新的成员都是她在接待，甚至也敢在一群不太熟悉的人面前扯着公鸭嗓唱歌了。”阿柴还在说，绫子已活碰乱跳地拉着旁边的微胖男去扭臀，她又点了一首搞怪的《狐狸精》。

不是官方总结，但离开KTV后，我真觉得自己在瞎操心。这俩货一定会遇到合适的人，或者说更好的人。因为如果当她们越变越好了，还突破不了感情生活，就太不科学了。

7

原来，我竟是位先知。

两年后，我告诉绫子我在打球的时候遇见了对的人，现在已决定要厮混在一起了。绫子很诚挚地说了声恭喜，然后就丝毫不留情面地将我踢出了群——她不是变态，也不是嫉妒所有脱单的朋友。我知道，这只是“幸福起点站”的规矩：入群者必须是单身狗，如果有一天不是了，就不能在里面占用资源。

过了几秒，她闪了我，说也许下周她也会被阿柴踢出群。我秒懂，也真心替她高兴。

“就是那天和我一起唱《死了都要爱》和《狐狸精》的胖子，你还记得吗？”说实话，我已没印象了。但她能有对爱情的期待，也就是因为当初突现的脑洞及后来那个QQ群吧。

可绫子如果退出，就只剩下阿柴在一线奋斗了。那有一天，她也找到了自己的天命所属，这个群岂非要散了？“不会的，我们会举行传位大选，肯定能找到比我们更牛的接班人。”我终于不怀好意地安心了。

学习型Uber

T先生："Uber终将选择那些选择了Uber的人！"

从来对雪佛兰的Logo就没什么好印象，总觉得那像只闪着金光的护舒宝。还常常邪恶地想，要是Logo中间再来点国旗的颜色，那就更应景了！不过，现在见到血红的雪佛兰飞驰，脑中第一个浮现的却是T先生。按我给朋友取名的惯例，绝不会只用一个字母，因为那样太没诚意了。可直至目前，我除了知道他的车牌号有个T，对其他的一无所获，谁叫我们是在他的车上认识的呢？

1

那时我没还车，每天都靠Uber和滴滴过日子。记不清哪一个周末加完班下楼，见到大红雪佛兰停在公司门口，有人摇下车窗，"是你叫的车吗？"

我在那天遇到T先生。

我敢保证，我这辈子没遇到过那么健谈的司机，一路天南海北到处乱扯，要他去说单口相声，说不定也能搞出草根德云社。反光镜中的脸很难描述。就像某龙套演员说的：“其实我参演过大多数院线的大片，不过你们都不认识我，因为我要么演路人，要么扮死尸。”若说有什么特别的，就是眼睛小得跟梁天似的，一颦一笑眉梢眼角都流露出喜感的风情。

照我的经验，出来开Uber的司机除了上下班偶尔接一单补贴油费的，驾驶豪车只接女生意图泡妞的，主要还是由于各种原因不上班，全职经营“私家出租”的。我表哥就这样：打小不爱学习，长大不愿工作，前几年雇了仨打工妹帮他维持奶茶店，如今奶茶店入不敷出关了门，就开起Uber了。

T先生接客历史有几百单，老手得很，一看就知道是属于最后那种。

车行到半途，我问T先生，您这样开车一个月能挣多少。

T先生回头，“你觉得我是专职司机？”他眼睛上扬，试图做出那种挑衅的眼神，可由于眼睛太小，反正我只看到两条缝。

“难道不是？”我边干笑边懊恼着想，为什么每次试图开辟新话题总会让局面如此尴尬呢？

2

T先生不是为了谋生开Uber的，他另有正经工作。之所以有那么多单的记录，是因为下班和周末都在干这事儿。我频频点头，充满同情。这哥们儿不是缺老婆本儿就是缺奶粉钱，否则犯不着一年四季都这么辛苦。T先生瞥见我的表情，立刻“哎哎哎”地嚷嚷起来：“我可不是为了赚钱！”不是为了赚钱，难道还为了泡妞？纯洁的我都不敢随便想下去。还好T先生接了一句：“我就是爱开车……”

T先生喜爱开车，就像我爹喜爱做菜。我爹每逢在外头吃过新鲜美食，都会在厨房里研究练习，复制出原菜的九成。但在饭桌上他又只夹寥寥数口，全程傻笑着看我们吃完。对他，美食不是目的，做菜那个过程才是最快乐的。

T先生亦如此，他常帮自驾的朋友驱车，倒不在于观景，更多的是为享受在高速上呼啸而过的快感罢了。乐之，是成事儿的最高境界。因为喜爱，T先生成了Uber等软件最早的一批使用者。但凡不加班，周一至周日，他都像快乐的粉刷匠，开着自己破旧的雪佛兰在马路上来回奔跑。

小时候，T先生也梦想着去做赛车手的。但有的梦想终归是梦想，比如我也曾梦想过要做中国最伟大的科学家，结果长大以后从事的东西跟科学越来越没毛关系。所以T先生最后也只能蹲守在沙发上盯着从屏幕左边移动到右边的F1。不过，爱驾驶的心情却一直保留了下来。T先生刚上大学就拿到驾照，缠着家里给买了辆奥拓，这样算起来，驾龄也有十多年了。是绝对的老司机。

3

林子大了什么鸟都有，单子接得多了也会遇到光怪陆离的乘客——有持久不确定车费反而要求打折的大款，有当着司机面互甩耳光的小夫妻，有只是为了打车散散心的失恋男青年，还有羊水差点破在车上的孕妇大姐。而最有趣的，莫过于“初出茅庐”的小劫匪。

那是个月黑风高的晚上，T先生驾驶兴致大发，到了凌晨也不想收车。他在路边接到一个二十出头的小伙子。小伙子目的地是火车站，走到一半说要回家取东西，要求T先生折回去。T先生不疑有他，照他说的地址往小区开。路上经过片特别荒凉的施工路段，此时后座的小哥们儿把持刀的手突然伸到了他脖子边，哆哆嗦嗦地说：“把钱给我……不然……不然……”

“不然我就捅死你。”T先生帮他把话接了下去。倒不是他淡定，只是那小伙儿的表达一听就是“新人”，紧张得说话都结巴了，也挺“不容易”的。T先生没回头：“钱都给你，但算你倒霉，我今天现金就几百。”

“拿出来！”小伙把刀逼得更近了些，虽然T先生都能感到他手在抖。

T先生一边把钱包拿出来一边大妈训儿子似的说：“我这车是有监控的，还联了网，你就为了这几百块犯罪太不值得了。你也可以捅死我灭口，但我爸是警察，捅不捅你可得想清楚……”T先生说完，把钞票递过去。最后是小哥们儿自己没接，他悻悻地把刀收了回去，说：“我们还是去火车站吧……”

以口技力克险情，也是神了。我若有所思地感概，原来你爸是警察啊，怪不得胆子那么大。T把眼眯成两条缝，什么警察，我只有一个舅舅在路口做协警。嘴是这么贫，但为了人身安全，T先生还是在前排和后排间加了防护栏，搞得就像专业的出租车一样，而且还不让乘客坐副驾，美名其曰，那是老婆专座。

4

Uber这玩意儿，很有意思的地方在于它不只是交通App，它可以用来商务，用来娱乐，亦可以用来交友找真爱。

我有个二世祖朋友，开辆限量版的路虎，也在Uber上接单。不过他的地点总选在音乐学院或者美术学院附近，寻思着通过交浅言深的畅谈把下单的姑娘直接送到酒店去。我曾愤怒地指责这种行为，这跟流氓有什么区别。结果二世祖全盘反弹，说他这是没有机会创造机会也要上。我真无言以对。不像二世祖，T先生的长相和动机都很老实，从未指望用开车来把妹，虽然最后他的妹子真的是开车把来的。

说起这事儿，T先生不自觉地嘴角上翘，仿佛持续享受着中彩票的快感。

T先生是通过顺风车接到妹子的。妹子家离T先生家不远，而那天她要去的地方却很远。秉承传统，T先生发挥三寸不烂之舌让妹子足足九十分钟都不寂寞。离目的地还有五公里，T先生邀请妹子扫他的微信二维码——和聊得来的乘客互相加微信，这是他Uber后的习惯。这种情况下，男乘客通常比较大方，同意率高达九成，而女乘客怕遇到烂人纠缠，就显得谨慎得多。出乎意料地，妹子非常爽快地答应了，于是T先生对她有点另眼相看。

“一般人眼里，她不算特别漂亮的，甚至都算不上漂亮，可我却觉得她有种莫名其妙的魅力在吸引我。”T先生红着老脸这么叙述时，我用不着脚趾头都能猜到，那种感觉英文叫作Crush，中文叫作发春。不过后来T先生才知道，妹子之所以那么爽快，是因为她在用小号。

加微信是开始，妹子的朋友圈透露着她有用顺风车上下班的习惯。于是T先生一有时间就守在附近，希望能有缘再次碰到妹子。我在小说里写过很多次这样的一句话：世界上所有的巧遇都是精心的设计，而T先生和妹子亦是如此。之后种种不用多说，虽无颜值，这样俗气偶像剧式的相遇却有了好结局。T先生第三次接到妹子后成功地让她首肯了约会通知单，而现在更是双方父母都见过了。

噗，但他居然还能出来开Uber！

我感到惊奇，毕竟有过那样的历史，妹子就不怕他再重复吗，万一接单后再遇到让他心动的女乘客，就范怎么办？我的反应让T先生很不屑：“你们年轻人咋这么没安全感？我爸是我妈搞销售时认识的客户，成了后我爸也没让我妈换工作啊！”

5

除颜如玉，Uber给T先生带来的另一巨变，是工作。

T先生在垄断行业做行政，虽然是个稳定的工作，但薪资却迟迟得不到提升，于是他想转行。可转行跟离婚一样，对很多人而言，也就是想想。比如我，从毕业那年就想脱离建筑行业，想了这么多年却还是在这摊泥里耗着，既缺乏动力也缺乏契机。T先生跟我，几乎能用五十步笑百步来形容——我不知道我离开建筑能做什么，他也不知道自己能做什么。

也许T先生是重度拖延症，也许公司的日子过于安逸，也许周围没有相关行业的资源，又也许一把年纪没了毕业时在智联招聘上投简历的勇气……总之转行的计划被他无限搁置，T先生不知不觉变成了温水里的青蛙，我几乎都看到又一个从三十岁开始养老的家伙。

转折点始于T先生的一位客人。客人要去金融街，问下来是去证券所加班。客人下车后，T先生在其公司门口停了很久。人家是女生，比自己还小两岁，却已拿到保荐人资格，年薪高达八十八万！他突然就想好了转行的方向，去金融，钱多！T先生灵机一动，立刻把接送范围扩大到这条路附近。他说这是近朱者赤，常在水边走，总能遇到几个划船的。只要在金融街附近接到人，他都会盘问一下乘客是不是搞金融的——这查户口行为居然没被投诉，也是奇迹。

话说回来，有段时间盛传Uber七分钟，凭着在车上短暂的交谈，连投资人也可以拉到，找个工作应该不是啥难事。T先生就这么开着车，虽没真的等到金融公司的HR，却获得大堆有用没用的业内信息，比如现在哪个板块发展好，哪些知识是行业必需，哪种人才公司最喜欢……这些信息加上跟朋友咨询，T先生在创业型的小贷公司找到了职位，顺利改旗易帜，一下子走在了我的前面。他调侃自己撞到了狗屎运，我却觉得成事在天谋事在人，即使要踩到狗屎，也必须得经常在狗屎多的地方转悠才行。

6

T先生转行后，忙了不少。小贷公司钱多，可那钱也不是白给的。

不过T先生矢志不渝，只要有空，依然驾驶着他那辆红色雪佛兰在Uber上接单，而且还升级了驾驶服务。比如：他在车上装了无线Wi-Fi，乘客可以免流量；给坐长途车的乘客准备了小瓶的矿泉水和杂志，让他们不至太无聊；为女同志准备了特殊时期的小物品……

现在T先生很享受开着小车到处交朋友的时光，他常在朋友圈上展示他跟新乘客的合影，有一天我居然看到某大明星的脸，不由得震惊。他最近比较喜欢在大学附近晃荡，除了可以看到很多年轻的面孔涤荡心灵，偶尔还能载到教授，一路听别人讲课，也是人生乐事。T先生说，Uber终将选择那些选择了Uber的人，自己人生的两件大事都得益于Uber，所以死也不会放弃这么有价值的副业！

怪癖搜奇簿

人人都有点难以启齿的小癖好，我以自己研究型学术人才的性别担保，这是真的。

别不信！拿我周围的人做靶子——我爹每次放杯子都放在台面的边角，喜欢让五分之一杯底悬空；我娘只要见到遥控器的缝隙里有灰尘，整天脾气就会很暴躁；姥爷洗脚前会下意识地抠抠脚丫直到搓泥；外婆的床必须靠墙，否则她肯定睡不着；小领导一见大Boss嘴角不自觉抽搐，抽搐的同时自动假笑，而大Boss么，每份资料不在三个不同的地方（硬盘、U盘、网盘）备份，他就焦虑得像泼妇似的骂街……

至于我……我的怪癖，是探索别人的怪癖。

不过，怪癖好似天上繁星，浩瀚如海。上面我说的连千万分之一都没达到，只是下面这几款，款款都经典。

洁癖

洁癖不一定是爱打扫房间，不一定是每天洗澡，更不一定是和别人握完手要用消毒纸巾擦拭……

挤痘痘

大表哥荷尔蒙侧漏，满脸痘痘，不知道能用什么表面形容。他发明了应景的“爱好”，挤痘痘——只要皮肤上长了新痘痘，就必须马上挤掉，哪怕是鼻头上的小小粉刺也完全不能忍，否则浑身瘙痒不舒服。最初他喜欢把指甲留长，用长指甲挤压。后来感染了一次，鼻子肿得就像被马蜂蛰过。所以后来他为了卫生，花大价钱买入数把趁手的兵器。这些暗疮针散见于他的办公室、公寓、商务包和随身内袋里。其中最贵的一把是瑞士原产的，号称“暗疮针里的CHANEL”，价格不菲。他觉得把里面小坨的白白的东西一点一点从皮肤里挤出来的过程，会让整个生活都好清澈。原话是：“爽！翻！了！”

撕结痂

仲夏，同事常满胳膊满腿儿都挂彩，像刚和别人搏斗回来，其实不是斗殴，只是他特别喜欢撕掉伤口未痊愈的疤。有回他从电瓶车上摔下来，划伤数道，十几天后结痂，其实再过一阵就好了，愣被他撕得满手带红，情状甚惨烈。他是A型血，最易惹蚊子，在办公室里整个一活体吸蚊器。被咬后起的包，过几日消炎了会起小红点，他总情不自禁把那个小红点撕掉。

“也不知道为啥，看着那些褐色的痂就很恶心……”于是心未动身先动，手就自动开始撕了。我想，幸好他不是女的，否则满身得被摧残成什么样！

剪指甲

表妹晓树梨花卷、小香风、长皮靴，臭美得Oh My God。本来这么纯粹的女生多数应该和蔡依林一样，都是不美甲会死星人，但晓树却简直没法美甲。小时候她喜欢啃指甲，从左到右，和土拨鼠差不多，为此没少挨她妈的揍。长大会用指甲刀后，发现指甲长长半毫米，也忍不住会全剪掉。可没有长指甲的人生，是注定痛苦的人生——抠个盖子、刮张发票或在指甲里藏点鹤顶红都变得不那么轻松了。“但怎么办？要我留着它们，臣妾做不到啊！”

去死皮

据说护理嘴上的死皮最好的办法，是先用热水泡软，再涂上厚厚的唇膏睡一夜，早晨起来在镜中看到的嘴唇会有如婴儿般滋润娇嫩——但其实没那么多活得如此精致的妹子。她们和男生一样，天冷起皮的首要任务不是涂唇膏，而是用下齿咬掉上唇的，上齿咬掉下唇的。虽说简单粗暴到有时会流血，却仍是最方便有效的方法。那么，指甲缝里的倒刺怎么办，同理咯！

删东西

我大Boss喜欢备份，但我对删东西就是爱爱爱不完（绝对不是和他作对）。手机，用完软件不清理缓存整天都感觉不对劲儿，屏幕上如出现“储存空间已满”的提示，瞬间感觉不好了；电脑，天天要用360安全卫士扫描，删掉Cookie，卸载不用的软件，回收站平均两小时清空一次，否则就不能开始或结束一天的工作；邮箱，所有邮件看完，没保留价值的统统都要放进垃圾箱；U盘要保持身家清白，拷贝的资料经过转移后在U盘里都没有继续存在的价值……我妈常说：“如果你能拿出清理手机的觉悟来刷牙，也不会每年都要去补牙了。”

忘了说，我的电脑桌面，什么都没有，连快捷方式都不存在。套用我表哥的话描述挤痘痘的心情就是：看着干净空无一物只剩图片背景的Desktop，我整个人都——爽！翻！了！

Once More

比如办公室的前台妹子没事就拿着剪刀在处理头发的分叉，搞得自己都不需要去理发店。有回剪分叉剪得太认真，没发现领导带着客户到了面前。领导用眼神狠狠地让她死了几百遍，妹子毫无察觉，最后领导不得不为自己圆场：“我们这里的员工特别注意个人形象……”比如我背后刚来的实习生，厌恶用旧了的纸钞到了极致，哪怕那是张百元钞！钱包里一有旧币就想方设法花掉或是去银行换崭新的。他说：“软塌塌的很不带感，还是硬起来好！”我总忍不住笑。比如初中的语文老师，瞄到谁交上来的日记本有折痕，立刻给出很低的分数，没有为什么！就是看人把书本弄皱了生气窝火……

而我能想到最正常的洁癖，是住宾馆时早晚自己打扫一次，意图让全世界的保洁员都下岗。嗯，比如郭品超。

睡眠癖

不看着电视剧不犯困，上床必须穿袜子睡，入睡之前必须尿三次……他们一睡觉就出各种幺蛾子，不达目的誓不罢休，不然到天亮都睡不着。比起来，我外婆的靠墙睡简直不算癖！

蚕蛹

睡觉前用不着祷告感谢神灵ABCD，但冬天一定要把被子的四周都往内折，只留“入口”，就像造一个精致的蚕蛹那样。正式睡觉的时候，就从“蚕蛹”的入口一点一点地蠕动进去，最后用大枕头盖住自己的额头——这么做的好处是，四周一点不漏风，连额头都很温暖，非常有安全感！如果感觉到蛹破了，今夜必然无法入眠，得翻个筋斗起来重造蛹！唉，我说的就是我自己，但我知道不只我自己。

POSE

睡觉得架二郎腿；侧卧并把手放到枕头下面，捂出一手汗，或者用大腿夹着自己的手；翻滚，翻滚，翻滚，从左到右不停翻滚，外加踢腿、抡胳膊、持续抖动的友情赠送动作，把毯子铺盖都抖到地上，然后半夜被冷醒（这家伙是我一女同学，知道她这个习惯后，大家纷纷为她的婚后生活担忧）……

而我知道最羞羞的POSE癖，居然同时出现在一对CP上——女生喜欢捏自己咪咪，左扭右扭就差泡泡了；而男生，喜欢弹自己小鸡鸡，弹着弹着才能睡着。我是想说，他们的爱欲到底有多旺盛啊！

玩具

小时候喜欢抱着我爹送我的Baby大熊猫，摸着它的耳朵才觉得安全，小熊猫比任何安眠药都更能让我的困倦袭来。睡着之际，我还会把它小心地放在枕头边，给它盖一张枕巾，深怕它着凉。快三十年了，这习惯丝毫没改变。人人知道我这个小癖好都会笑谈一句：“你都多大啦！”哼哼，我才不会戒掉它！很多人跟我一样，必须摸着自己钟爱的小毛巾，必须闻着玩具的气味，或者必须抱着大白、胡巴、小黄人什么的才睡得着。有这样又萌又Q癖好的人，心底都住着不死的彼得·潘！

梦话、梦呓、梦游症

据说梦游者梦游的时候被惊醒，可能会失忆，可能会发疯。说实话，我不知道室友老许算不算梦游者。老许是个实在人，内向沉稳，属于九言一顶的类型（我们说九句，丫说一句）。但后来我发现了这家伙一个惊天秘密——

大一晚上，我从系馆赶图回来，已经凌晨三点了。打开宿舍门，鼾声均匀，所有人都在梦周公。我准备脱衣服睡觉，对床忽然响动，老许从床上直直地弹起来，就像诈尸一样！我还来不及问“你干吗”，老许却大吼一声“优留”（优秀设计作业会被存档，留给后届学生观摩，简称“优留”），然后腾地往后倒，没了知觉。我被吓得够呛，次日醒来谈罢此事，老许连汗毛都在说，我就静静地看着你编……

饮食癖

饭前要喝汤，每餐必吃米饭什么的弱爆了！吃饭没点奇怪的嗜好，都没法刷存在感。不过，吃土和吃人那不是癖，是病。

本末倒置

大概诸如吃饺子只吃皮不吃馅，吃海鲜只喝海鲜汤不吃海鲜，吃烤鱼专吃旁边的配菜，还有，吃干脆面不加料包却把料包收集起来……我最好的朋友就有这种癖好。他每次和我吃饭，不管主食是什么，烧烤也好，涮羊肉也罢，只要面前有调料，总能在上菜前将之全部歼灭。有的调料又辣又咸，吃完后需要不断喝水，结果基本是什么正经菜都还没怎么吃就饱了。后来我总结了一下，这样的朋友，千万不要请他吃自助餐，上百元一位太浪费，还不如送他一罐老干妈。

清新赏味方式

喝粥要用筷子搅动，破碎掉黏稠结构，直到搅成了水状，最后一口喝掉；用筷子将面条缠成鸡腿状，咬在上面觉得很有嚼劲很带感；啃排骨顺带把骨头咬碎，然后嘴里含的食物慢慢太多了就不得不吐出来；遇见饮料忍不住把它们混在一起，加上白糖，像制造了最佳的新饮料……

迷之饮水

一天八杯水，是医生推荐的养生必要条件；一天一杯水，是我嘴皮长期起皮的元凶，而一天不喝水……这人活不过三天。看到有人无论喝什么水都只喝三口，好像在坚守事不过三的原则；也见到过只买两升规格饮料的家伙，直接拎起来对着嘴喝，仿佛灌下的是酒；还有那种，手里有水就算不渴也不停喝不停喝的人，最后不得不上厕所。有一天开会，小老板在大Boss说总结的时候脸发紫。我以为他是因大Boss把他的方案毙掉很不高兴，结果是不知不觉喝完了两瓶矿泉水尿急……

进餐顺序

邻居家姐姐晋升新手人妻后遇到个麻烦的问题：婆婆公公吃饭总爱先吃菜，吃着吃着菜就没了，所以两个人最后回回都对着白饭吃。姐姐也想过一些对策，比如偷偷藏点菜在他们开始吃米饭时再上桌，可他们又会先把菜吃完。某次晚饭进行中，对面邻居大妈突然造访，发现老人们只有米吃，立刻把姐姐全身上下地批评了一番，说她太不孝顺。后来，大院里就出现了她虐待婆婆公公的传闻，这可真是无法辩驳啊！

其实还有人对进餐顺序的要求比先吃菜再吃饭更严苛。比如把不同颜色类型的时蔬分开吃，然后吃淀粉类菜肴，接着食肉（且猪牛羊要排队），最后才是主食——而这跟西餐前菜主菜甜品的顺序有什么不同呢？举例来说，就是吃香辣鸡腿堡把蔬菜、鸡腿、面包分开；吃回转寿司把海苔、米饭、三文鱼分开；吃必胜客把配料、芝士、面饼分离……我只能说既然这样为什么我们还要花那么多精力把食物弄在一块儿呢？

Once More

听说明星吃饭也挺作的，比如，周迅姐姐喜欢在米饭里挖一个洞。

如厕癖

说起厕所，本身就挺奇怪的，仿佛都嗅到了浓浓的臭味。不好意思是一定的，但就连我自己在内，如厕时也有些奇怪的小癖好，而且从小到大都没有改过来……

读字

读字的事情其实很普遍吧？读报纸要用手指指着字然后一行一行地往下移动，嘴里还念念有词的。那么，上大号时要拿本书才觉得安心也不是什么奇怪的事情。当然也不一定非得是书，台面上可以阅读的内容都成，包括洗发水、洗衣粉、洗面奶或洗涤灵的作用与成分说明。看到最后连月桂醇硫酸酯钠这种术语都能脱口而出，嗯，我都被这种学习能力感动了……所以，如果哪天在公厕便便，碰巧没带书或手机，心里各种不甘，好像少了某种情怀——虽说会有点失落，但我比我表弟还是好了很多，假如换成他，一定一定一定会便秘的！

研究

朋友曾以难以启齿的语气告诉我她有个癖好，即每次大号完都会回头看看那坨屎，观察大便的颜色、形状，还得张开鼻息闻闻气味，方才能安心放水冲掉。是以到偏远地区旅游，遇到那种大家蹲在同一排坑的情况，便只能忍着不这么做，以免被别人当成变态，可回回都忍得全身不适。

听完后我大义凛然地劝她：“你这是病，得治！”实际心里偷偷高兴，哈哈哈，原来这么变态的不只我一个人呀！虽说略不雅，但好处是只要去就诊，每当医生问，“最近大小便怎么样”，立刻张口就来……

离开

发帖的男孩说，他上完厕所，裤子都没提好，就赶紧火速离开，有时屁屁都来不及擦。本来我猜，肯定是由于他的排泄物太臭了，但结果居然不是。他说，自己总会下意识瞅瞅马桶或蹲坑的洞洞，心里充满恐惧之情，“你说……下面会不会忽然伸出一只手啊！”和我无语的眼神对视，他不好意思地笑笑，“对不起哦，我其实是小时候恐怖片看多了。”然后我更无语了，恐怖片编剧怎么能想到这么恶心的情节呢？

脱衣服

在洗手间里脱衣服，原因除常规的洗澡外，还有“壁咚”等桃色事件。所以为大号而脱衣服，就实在显得有点另类了。听说同学的堂妹的男友只要大便就会脱衣服，一层一层又一层，就像剥洋葱似的，脱到最后只剩内裤。这……对物理环境的要求非常高，至少在冬天必须有浴霸或暖风机。而且，有这样的习惯，大便就不能在工作等公共场所顺利进行。

同学说到最后如是评价：“他是不是还蛮有明星气质的？”

我有点站不稳地“啊”了一声。

同学害羞地捂脸：“那个……那个井柏然和周董都是这样的耶……”

声音癖

有人在马桶上奋力一搏的时候，听到水龙头有滴滴答答的声音会有如神助，但更多人是一听到声音，拉翔的过程就变得十分不顺畅。这种情况多发生在公共厕所——只要感觉到旁边蹲下了一个人，心里立刻就紧张起来，下半身仿佛瞬间被抽走了所有力气，纠结得生理反应根本没办法继续。

这不算怪啦，最多只能算敏感。怪的是有人喜欢在解决三急的时候——打！电！话！我们公司的某员工（不点名批评，虽然常常害得我拉不出来），一到隔间里，不管尿尿还是便便都会打电话，而且很大声哦！大家讲起来都醉了。“以为自己是张国荣的翻版哦。”“难道电话里出现嘘嘘声不会很恶心么。”“一听到电话，我还没……就只好站起来走人了”……嗯，表示这么不满意的人显然都有如厕静音癖。

强迫癖

听说常见的强迫症是不停地锁门、洗手、冲厕所或核对数据，少则十几遍，多则上百遍，明知没必要，却还是忍不住重复，令人痛苦不已。但平常其实还有很多带有莫名其妙的强迫性却比起强迫症轻微的小习惯，我称之为“强迫癖”。据我观察，有强迫癖的很多都是处女座欸！

双数要求

他要求匿名，所以我索性叫他某人吧。

某人对出现在生活中的数字唯有一个铁血的要求，那就是——双数。这种癖好，人们也称之为“双数强迫癖”。比如吃口香糖，要吃两个或四颗，吃石榴一次得两粒或四粒，再不济六粒或八粒，总之不能出现一三五七九，以此类推。上楼，不是两步就是四步，如果走了三步，有时候还倒回来重走。听广播节目，兆赫最后需以双数结尾，否则连主持人的声音听起来都怪怪的。还有……洗脸洗两遍，吃饭吃两碗，饮料容量的结尾数须为零，钱包里的百元大钞必须成双……

当然，这个癖好在生活里也颇容易遇到麻烦——新闻总是CCTV 1的最牛，全国都转播；他高考分数是六百三十三；不小心被分到了公司的第九个设计分部；做爱高潮很难一夜达到两次。而最不能达到双数要求的是恋爱：初恋只能是第一次，第二个女票和他的年龄差是五，然后第三次恋爱又来了！

唉，连旁观者的我都感觉他无法幸福了。

说到这里，我竟想到知乎的段子——为什么古龙喜欢给自己笔下的人物取名单数，比如朱七七，燕十三，萧十一郎之类的。那个回答说，也许是想给人一种很难除的感觉。那A君呢？他的双数癖是为什么？难道他热爱除尽的感觉？

饭前的观察

和我们吃饭，不管在什么地方，小面馆也好，高级西餐厅也罢，男青年坐下来做的第一件事儿肯定是低头盯着碗和杯具，第二件事是拿起它们对着光仔细检查，仿佛在通过隐形显微镜发现病菌。但这不能算洁癖。如果是洁癖的话，看到脏东西（比如头发、皮屑）或闻到腥味膻味，肯定立马没食欲，至少也会要求店家换套餐具。然而他不！他看到脏东西直接用还没洗过的手拈起来，接着弹，出，去：而闻到异味，则会跟其他人详细描述那种味道，弄得其他人没食欲。

同事们纷纷弄不懂他这举动的含义，问他这么做到底有什么目的。他睁大眼睛，觉得这问题太好笑了："难道你们吃饭前都不看碗的吗？"说的好像我们其他人一点都不讲卫生……

闻手指

这怪癖略恶心，有犬化特征。

B哥特喜欢闻自己的手指，跟狗似的。但跟狗不一样的是，他只喜欢闻他的手指。剪完指甲，会顺便闻闻原来被遮挡的皮肤；头发痒痒，挠完头皮会闻闻指尖的味道；抠了肚脐眼，把手放在鼻孔下，摆出抽烟的姿势……Anyway，碰完什么东西都习惯性地去闻一闻。口味最重的是，他大号擦完屁屁，也情不自禁地去嗅手——我的天，罢了，幸好他不是去闻丢掉的厕纸……据说嗅觉是比视觉更古老的本能，味道瞬间就会还原场景般的记忆。那么……喜欢闻手指的B哥，说不定是位很念旧的青年呢！

按规矩

这里的规矩，不是国家法律或行业标准。

认识的一个素食妹子，在不知不觉中给自己制定了很多看起来正常又不正常的“规矩”——走路要先迈左腿，然后才能是右腿；爬楼梯时第一步要用左脚走；遇到格子地板必须走同样的花色，也就是对角线；在人行横道上，每一步都要踏在横线的中心；切菜一次切五片，如果多切了一片就补充成十片；写字所有的笔画不能超过本子上下的线条；还有哦，睡觉必须把被子拉到遮住下巴又不能遮住嘴巴的位置……

由于这些规矩，她走路特别慢，切菜特别慢，写字也特别慢。

我说，你这样生活难道不累吗?

她微笑，我知道这又是因为那条“回答别人的问题前先要微微笑一下”的规矩!

未读消息

清除未读消息这个习惯，简直可以算删除东西的升级版。到底算洁癖还是强迫，我也不清楚，只是提起来肯定躺枪者大片大片的。具体表现为所有的网站及App都绝不允许有未读消息，虽然不见得真要读，但要勾选那个“全部标记为已读”的选项。微信或微博，看到别人@的提示，不管内容是什么，管它三七二十一，首先要打开来以便令Logo上的小红点消失消失消失永远消失……

Once More

某女生洗澡，水一洒下来，尿意立刻袭来，必须站着尿，不尿不舒畅；跟人谈话抖脚，但不是一般地抖，按节奏，专注四二拍；刷牙或往脸上涂洗面奶的空当，就撒丫子满屋子跑，直到泡沫都流下来了才回厕所；到超市见到大米、面粉或绿豆什么的就忍不住把手张开垂直插入，拿起来又放下去，就像变态似的怎么都停不下来。尽管我不想承认，但那种感觉，真是让人开心到爆炸……

听说还有“颜色强迫癖”。比如穿衣服必须要同色系，撞色或反色断断不可接受；每周穿的内衣要不同颜色，今天明黄，明天玫红，后天墨绿，总之就像调色盘天天都要大变样；下午茶，花草茶饮和马卡龙得十分得宜，薄荷要搭奶绿，柑橘要陪橙黄……哎呀妈，这么能作，屁事儿咋那么多！

世界之大无奇不有，本人粗鄙见识到的不过万分之一，天下永远存在着脑洞更大的怪癖，有名字的估计就有几百条——囤积癖（比如朋友蛋蛋，他的视频资料已收集了四个硬盘，并按照国家、女星、场景、口味细细分类，每个专辑还有专门的缩略图目录）；监视癖（比如表妹晓树，喜欢一个人或仇恨一个人，都忍不住窥视人家的微博微信QQ空间，而且一窥视就能窥视一下午，能从关注评论转发中发现蛛丝马迹，串起来推测媒体主人是胖了还是瘦了，恋爱了还是离婚了，猜测八九不离十，侦探能力无师自通简直要逆天了）。除此之外，还有恋足癖、长发癖、异装癖、断袖癖、受虐癖、内衣癖、拔毛癖、命名癖、归类癖……哟，不能再说下去，不然一本辞海也写不完！

【The Fork I】
生活里的生活：一个ID就是一个传说

可到底他们谁也没真正地“走红”，但……

郭天王郭富城（零零后只需知道这大叔曾是位火爆的明星即可）在微博上秀恩爱，他不仅PO出牵手照，还丧心病狂地@女友，说这样开要慢一点，女方就像对过台词似的回复“嗯，慢慢开”，成功虐杀单身汪。整个事件的重点，不在于天王年龄五张多却把到小二十几岁的女友，也不在于他用“鞋不合脚”形容他和前女友的关系。重点在于，郭富城的新女友是个网红。据报，这位叫方媛的网红系嫩模，上海人，二十七岁，曾出过写真集，有上海滩 Leah Dizon之称。

虽然我认为二十七了还能被人叫嫩模很诡谲，而且我也不知道谁是Leah Dizon，但放眼娱乐圈：王思聪的女友是网红，罗志祥的女友是网红，林更新的女友也是网红！所以，为什么名模熊黛林“攻城”七年却未得到男方公开承认？当然因为她不是网红！

我是回答控

说到网红，我得先介绍我的同学阿想。

阿想上学时的爱好是边斗地主边窥视同班同学的社交网络，侦测对方最近的感情动向，所以我把他屏蔽了五年。

后来他去广州工作，孤零零的，于是常常挂QQ。而他的兴趣则转移到了在班级群上为我们解决问题。有一年，女班长和师兄分手没多久又和师弟搅在一起，师弟催着结婚，她在群里问大家该怎么办。阿想第一个回答："结！就算结了一个月就离也要结，这样七姑八婆再也不会说你嫁不出去了。"这份答卷让同学们很激动，阿想也从此奠定了答题小王子的江湖地位。

不过自从有了知乎，阿想的注意力就被严重分散了。现在的他，不是在回答问题，就是在思考该怎么回答问题。他很懂得利用优势包装自己，比如他的知乎签名，×××省高考状元+×××公司高级建筑师，是不是一听就很可信？另外，不是所有的问题他都回答，术业有专攻，精分才有前途，他涉猎的主要领域为：怎么提高学习成绩；人生应该如何规划；建筑、室内、景观的设计困惑。

由于有状元光环和专业技能傍身，这些回答只要稍微走心一点，就能得到不明真相的群众大量的赞。他最给力的回答包括"曾经的高考状元们现在混得如何""怎样知晓自己不合适建筑专业""一辈子不出国读书会怎样"及"如何拒绝朋友委托自己进行建筑设计"等。每个问题，阿想都会结合自身情况，全力以赴地解答；每个答案，都是洋洋洒洒几千字的论文，充满自嘲又满怀希望。

他说，高考状元有时就像童星，早早成名，少年得意，但不是每个童星长大后都会闪耀。别人从中读出了失落，我却明白他的不在乎。

他说："直到两年前开始做施工设计，我都觉得我从开始就选错了专业，但现在我知道，不可能人人都成为大师，我是喜欢工程的逻辑和琐碎的东西。"别人觉得这是为自己的没创意开脱，我却理解他坚持的难得。

他说，一辈子不出国，不出地球，不出银河系，不出外太空又怎样？幸福不幸福，不看这个。不认识他的人认为这是吃不到葡萄说葡萄酸，但认识他的人都会摇头：以阿想的素质，只要想做哪会做不到呢。

我问他："为什么每天要花那么多时间写这些无关紧要的回答？工作那么累，躺在床上独自滚滚床单要简单得多。"阿想表现出"拯救地球舍我其谁"的气概："我心中最高尚的事情就是传道受业解惑，既然这辈子无法做到前两种，能回答别人的问题也是好的。"

以前他每写下回答，哪怕是"人丑为何要多读书"这种令人蒙圈的提问，他也强迫着我们为他点赞。可今时不同往日，他的信徒过万，获得了无数的认同，自然再不需要托儿，反而是我们主动问他，最近有没有什么新答案。"点赞的人越多，成就感也越强。算是小小的虚荣吧！"可能获得关注，授人以鱼又授人以渔，即使为了虚荣，又有何不可？

我是段子手

跟阿想的看法一致的，还有我的高中校友板砖。只不过，阿想为解人疑惑，板砖则为逗人一乐。

小时候的板砖，很笃定地想成为作家和科学家，写严肃文学，做精密试验。可刚上初中，他就发现这梦想的不切实际——他不能成为科学家，因为他数理化全挂。长大后的他颇为遗憾，如果那时候能知道性科学也是门科学，坚持研究与实践结合，现在肯定也成了大师。科学梦破灭，还有文学兜底，历史上也不是没出现过挂科的大文豪。可板砖文学素养偏低，编故事的水平也很菜，即便让他写网络流水账，他也是敲不出几个字的。

对啦，板砖的成绩是公认的不堪入目，唯一的造诣是他超凡脱俗的幽默感——在后排边玩PSP边抽空跟老师开玩笑，让他从难兄难弟里脱颖而出。一回，年轻代课女老师又让板砖回答问题，板砖站起来摇摇头说："我母鸡啊。"女老师忍无可忍："你知识量是有多小连那么简单的问题都回答不出来？"面对愤怒的攻击性的评判声，板砖愣愣地点点头，憨憨地在空中比划："我的知识量可能比您的胸还小……"一说完，四座哄堂。女老师被气得摔了粉笔，红着眼跑出了教室。那天板砖回家就被痛揍一顿，他爹边打边骂："这么能耐咋不去说相声呢？"骂完接着打个皮开肉绽。

"从小，我就是个孝顺孩子。既然亲爹让我去说相声，就算我没这能耐，也要往相关产业上发展。"这是板砖日记中的一句，那篇日记的名字是《我是怎么成段子手的》。

只要有空，板砖就把花边见闻编成段子，然后在有意思吧发帖，内容类似于“爱笑的姑娘运气都不会太差，因为运气太差的姑娘都笑不出来”云云。每天看帖子被人顶上来，是他一天最开心的时刻，比发薪日的快感还要长久。帖发多了，板砖在圈内也小有名气，听说还有文化公司联系过他。

“为什么不去？”我很奇怪，他现在的公司除了钱少，还有其他特点吗？

“我们公司钱是少，但活也少，所以有大把的时间用来在网上搞搞笑，不是挺好吗？”板砖笑我目光短浅，“但搞笑就像抽烟，偶尔来一发能爽上天；如果当成饭吃，估计能吃出血。”

人人都以为段子手说点笑话就能赚钱，没有比这再容易的工作了。但时刻人开脑洞，着实能洞穿脑壳。板砖认识的一位职业段子手，常常把自己关在小黑屋里抓耳挠腮捶胸顿足。文化公司对段子的要求很严格，有时自己审美疲劳，写出的东西完全没幽默感。可如果一天不能提供五条以上的高质量段子，就要缴纳违约金，到时别说搞笑了，哭都哭不出来！

板砖爱的是那种“妙手偶得之”的快乐，所以他坚定地放弃了致富之路。倒是忽悠了很多意思吧的伙伴，在豆瓣上开冷笑话的小站，不久粉丝无数。他成竹在胸地告诉我：“只要我在这些粉丝里找到个妹子，就什么都有了！”

我是声优

不是一家人，不进一家门。板砖在自己的粉丝里找妹子，找到的也只能是一段子手。

妹子是个有想法的好妹子，听说是电路工程师（这是什么鬼）。她找板砖，本是想引用板砖的段子到自己的频道。换句话说，板砖的妹子是业余声优，在喜马拉雅上担任某女性节目的主持。当时我年少无知，以为“喜马拉雅”跟我们学校的山野协会差不多，还问板砖，找个这么强壮的妞，晚上吃得消吗？

我常借板砖的平台推销自己，吃人嘴软，总得礼尚往来方显知识分子本色。所以，我心甘情愿地成了妹子频道的托儿，腆着脸在节目后留言回复做话题，弄得好像是资深读者似的。但别的不说，妹子的声音是真的好听，有种昆山玉碎芙蓉泣露的动人，唯美之余也不乏可爱甜蜜。

妹子系纯种理科生，读书配音是半路出家。她高中挚友做了个女性微信平台，希望在所有能接触到的渠道都做推广。据说，喜马拉雅在有声电台里，就像电子商城里的京东，火得不行。妹子以前的任务是帮好友管理平台的内容，有期节目声优缺席，妹子硬着头皮顶上去，万万没想到竟从此顶成了台柱。其实好多明星都是这么出位的，比如我喜欢的大鹏，不也是在领导拉肚子时代班成名的吗？

我跟板砖建议，他老婆可以专门去做声优，“你写段子她朗读，多么神仙眷侣的生活！”

板砖哼唧：“知道我妹子最大的愿望是什么吗？”

我摇头，觉得应该不是做女优。

“她最大的愿望，是设计出比iPhone还要牛的电路板。”

“……”

从此以后，我更加敬仰妹子了。小时候想做科学家研发者的人太多了，只不过几乎都在七岁那年就放弃了这伟大的想法。如今我周围剩下的，都是些科学家粉转黑。板砖的妹子就像那个放弃做超模回去学编程的KK，以后大约会成为“最会主持的研究员和最会写电路程序的主持人”。

我是失婚博主

由于为板砖妹子拉皮条，我自然就认识了她那个办微信平台的闺蜜。所谓的“平台”，也无非是个公众号罢了。这年头，公众号早烂大街了。能红的，可谓百里挑一，剩下的九十九个，包括闺蜜的在其中，纯属自娱自乐。

微信号关于女性的内容，不是美容美妆就是健身甩肉，不是情感小电台就是教人怎样做个美丽与独立兼具的女神。闺蜜的平台专攻失恋离婚的伤痕，讲述悲情故事，期盼凯旋人生，其实并没什么特别的。唯一的亮点在于原创，推送的文字皆出自她或周围朋友之手，故事九转回龙都是真实的，就连配在旁边的插图都是这些受伤女人自己画的。从开创到现在，每周更新三次，五百多期，绝无重复——这便是最用心之处了，同时也让我由衷感叹，感情失败的女人真多。

如果让我形容闺蜜，就是田震的那首《铿锵玫瑰》。这主观的印象，大概来自她为公众号写的介绍——

“……现在的我在做一份助理的工作，快三十了还是个小鳖（BA，business analyst），是不是有点搞笑？但这已是我努力后最好的结果了。其实一年半前，我还是个全职家庭主妇。当时我有爱我的富二代未婚夫，我们相恋多年，很快就要结婚了。他打理家族企业，我打理公寓和自己。

“从毕业后我就开始备孕，平时的生活有点无聊，无非是涂指甲做美容再追追剧什么的。为打发时间，我弄了个公众号来玩，和闺蜜们分享养颜心得。但后来一切都变了。我未婚夫与公司的高管厮混，被我发现了竟倒行逆施地数落我跟社会脱节。忠诚是我的底线，盛怒下我离开了他。可‘独立’后的我并不真正独立，养尊处优数年，对自己还能干什么心里半点谱都没有。行尸走肉多日后，我把这段经历和无助写在了现在你们看到的公众号上，意外得到很多鼓励。关于工作，大家安慰我并给我人生的建议，这些对深陷泥淖的我，非常暖心。

“这个情感的微信号很单纯，脸皮也比较薄，就是想通过自己和周围朋友的经历告诉告诉还在痛苦中的女人，其实她们不孤单……”

从运营的角度，两千上下的阅读量足以说明平台的失败。

但闺蜜依然骄傲：“虽然粉丝不多，但个个是死忠。”也是哦，尽管阅读量有限，但留言里的讨论却一直都热烈。这些从朋友的手机里延伸出去的信息，吸引了很多朋友的朋友。在这些死忠粉的支持下，这个从微信开始的小团体在贴吧、微博和喜马拉雅上也陆续有了自己的ID。

她不打算花钱营销，因为这不是商用的公众号，自己没想过要把它变成转发广告的媒体。她享受的不过是下班后静静坐在电脑前的时光——和闺蜜们讨论明天的主题，约人写稿，修改审阅，做后期美工，每天八点到十点，生活无比充盈。

我是微博赠书郎

最后登场的Boy，与我并没见过面，但我很感激他，因为他帮我免费推销作品。

上本书出版后，我到处拜托别人给自己做推广。听说用微博营销很有用，如有大V转发，书籍热度蹭蹭往上窜。可花钱请大号，动辄几千上万，我一“负二贷”，花不起这样的广告费。要好的编辑见我可怜，便推荐了大V读书仔给我，说他可以免费帮忙。

微博营销绝对是能发家致富的正经生意。

我们小区里就有这样的家伙，轻轻松松月入上万。他极有远见地在微博刚兴起时经营了几个ID，这些号的粉丝经过用心经营，目前少则十万多则百万。它们的主人平时就在淘宝上接单，随意转发两三条软广，收入就很可观。可他那不上网的老妈，以为儿子在干见不得人的勾当，每每唉声叹气。可奇怪的是，读书仔从不转发无关广告，它的内容十分单一，总结起来无非三条：荐书、赠书、书评。他会免费给喜欢或欣赏的作者做前两项活动，只有极少数情况，才会收取自费出书作者一点费用。

“难道，从没想过以此赚钱吗？”初次合作的我还是质疑的，以为甜头后面藏着大阴谋。

Boy在屏幕那端迟疑了一下：“如果你不给钱不放心，就用支付宝给我一块吧！”

听我的编辑说，这Boy是文学青年。跟板砖一样，想成为作家，却笔下羞涩。自微博有个人认证后，Boy灵感激荡，想出了个拜师学艺的方法。他常把作品以私信的方式截屏给编辑和作家看，希望得到指点，可超过百分之九十的回复都是婉拒或不理。其中有编辑觉得他实在热爱文学便请他合伙运营读书微博，Boy欣喜若狂，自然全力以赴。编辑生子移民后，没精力再管微博，Boy就一个人顶摊，各处找资源找作者，把“读书仔”做成了真正名副其实的荐书大号。

这故事让我忍不住热泪盈眶。对于永远成不了作者，成不了编辑，成不了被文字缪斯钟情之人的Boy而言，这个ID，是实现梦想的方法。喜爱某物，可以通过很多种方式表达，并非一定要执着于创造它。想到这里，我真给他转了一块钱。

已经被发现了吧？

我这些御宅的小伙伴，虽说费尽心机地以经营公司的态度经营着自己的地盘，成天在线的时间比睡觉还多，可到底他们谁也没真正地“走红”。但想来还如此矢志不渝地常年蹲守，是因为现实难免无聊，梦想无法兑现。一个ID是一个身份，是另一条地平线，精彩得超越琐碎的柴米油盐。

【The Fork II】
生活里的生活：简易B角儿攻略

我："听说副业和坐班更搭哦！"

不管成功学、励志书、鸡汤文再怎么鼓吹上班时应该激情澎湃，可有些工作就是又重复又无聊。每当看着屏幕上的模型、AutoCAD线条或写也写不完的设计说明，无聊到爆的情绪就泛上心头，接着恨不得一拍桌子关机走人。公司的意大利女生老安慰我，说建筑师这个工作能做好多事情，总比待在档案室给每份文件贴公司Logo的大妈要有意思多了——也许这是正确的生活态度，但对我的开解功效为负。

"你不如弄个副业来玩玩吧！"对我整日都怏怏的状态，前台阿欢辞职前常常这样建议。只要在本职工作外拥有足够不无聊的生活，那么上班的时候就会有所期待。平衡，弥补，说什么都好，虽然无法以此营生，但至少能够成为精神的甜点。用现在的流行语就是，Be a slash。

No.1 业余车模

主角：阿欢

A角：前设计事务所前台

B角：车模

如果不是阿欢在辞职后，让我帮她在微信上投票，我可能永远都不知道她居然还有这样“惊世骇俗”的身份。那是个评选“你心中最美车模”的比赛，阿欢排在第十一个。图片上的她，站在正红的跑车旁，一袭纯白抹胸短裙把她浑身充满活力的曲线勾勒得恰到好处，发梢微鬈搭在胸前，妆容清丽如含羞百合——无愧于国产草根版的氧气美女。我点赞的手抖了抖，心想如果公司那群哥儿发现了，又得喷多少鼻血啊……

阿欢曾是部门之花，再之前她是英语教师之花，再再之前她是师范大学英语系系花。她面容姣好、身材娇小，又喜欢捯饬时装，走到哪里都是风景一片，是众男聚焦的核心，是众女嫉妒的仇敌。这般貌美，当年也想过要做歌手当演员，可阿欢不仅公鸭嗓，而且丝毫不具扮演他人的天赋，艺考两次都大败而归。又因身材过于娇小，无法达到常规模特的标准，只好偃旗息鼓，乖乖做行政工作。

不过，那颗因貌美而生的艺演心却一直暗中驿动。

动由心生。如果不是夙愿未尝，她就不会轻易答应朋友邀她去4S店做半天车模的请求。那次类似于微型车展的店铺活动仿佛一把钥匙，不经意就打开了阿欢通往新世界的大门。由于首战惊艳，后来常常有经纪找她演出。不过为了不影响工作，阿欢只接周末的单。

车模收入不菲，这是众所周知的事实（就算再不济，一场下来也有数千），但阿欢却并不打算借此走上志玲姐姐的演艺道路。她说，其实车模是那种看起来光鲜异常，实则极其辛苦的职业——站在名车旁，维持各种姿势，还得对着别人亲和得宜地微笑，停都不能停，几小时下来嘴巴和手脚都僵掉，回家躺上床全身好像都散架了；由于时常浓妆，脸上很易长痘发炎，一不小心就会毁容；踩着十几厘米的高跟鞋摆Pose，不仅脚踝酸痛难忍而且脚底也会磨出茧子——如果说这些生理的辛苦可以通过意志力和对职业的喜爱克服掉的话，那么时时遇到性骚扰的情况就简直无法忍受！

每次大秀，总有那么几个好色的男人贴近车模经意或不经意地揩油。对于有买车意向的金主，车模们为了下次接通告顺利，多是睁一只眼闭一只眼。可阿欢呢，她有那种即使同性搭肩都会情不自禁躲开的反射弧，更别说面对皮肤多处暴露时被异性接触的状况。

“上回有个土豪靠我很近，明显想吃豆腐，手还没动我就翻脸了。虽然最后经纪人来圆了场，但他后来再没找过我——单凭这一点，我就职业不起来。”大约是回忆的场景过于敏感，阿欢身体抖了抖。

No.2 肚皮舞男

主角：Jackie

A角：食堂大厨

B角：肚皮舞教练

讲到Jackie的时候，我总情不自禁地扶墙。一位掌勺大厨的副业居然是肚皮舞教练，等等，我再笑两声啊。

Jackie老家黑龙江，纯东北爷们儿，脸上横肉一甩，小姑娘吓得屁都没有。我们的相遇颇为尴尬，当时在公司对面的健身房里，本人正做着私教强烈要求而我强烈反对的难看深蹲。然后Jackie蹦蹦跳跳地跑到私教旁，聊天时的兴奋劲儿，活像听了一夜嗨歌。我用余光表达了满满的鄙视：肚子那么大还穿紧身衣，变态啊！

他刚走，我就对私教开火："你们这儿教练的资质也很参差不齐哟，刚才那哥们儿那么肥，也能给别人做教练？"私教指指Jackie的背影："别小看人，那家伙胖是胖，但腰扭得可好了！"于是我知道了，这胖子原来是外聘的肚皮舞教练。不是基佬就是伪娘，我隔着玻璃观察操房里腰缠铃铛、动作妖娆的Jackie，总感觉自己在看"玻璃"跳舞。可回忆起他威武刚健的声线，又着实感慨Gay圈的兼容并包。

也许体型巨大是厨师对这个职业的基本尊重，所以Jackie以前更肥，肥得别人眼里都是他。如今好多了，用他的话说，最多算“富贵体态”。随着自己的身材越来越胖，Jackie的厨艺在拥挤的厨房也越来越难以施展。他常常大手挥一挥，扫掉调料一片。后来狭窄的通道都挤不下他了，这才被迫来健身房减肥。

私教为练他的柔韧度，有时让他跟着肚皮舞教练扭扭。这一扭，不得了。Jackie对肚皮舞一见钟情，沦为该舞的死忠。尽管第一次踏进活力操课室，看见满屋子的大姐大妈在空中震颤满身赘肉的场景，他心里也萌发出一点羞耻感：这哪儿是大老爷们儿该做的运动啊？可是，但是！当他真的开始随着激荡的音乐扭动，身体的骚动与灵魂一拍即合，对此舞立刻“毒瘾”深种。

几次课后，私教把训练的重点从柔韧转到力量，这意味着Jackie再不用上肚皮舞课了。教练觉得解脱了他，他却偷偷地报名了专业的肚皮舞训练。让他想不到的是，专业学校授课的老师竟是男的，这彻底化解了他那点小别扭。在培训班里，Jackie拿出了当初学厨的精神：一周训练五次，平常两小时周末五小时，从不间断，几近癫狂，毕业的时候还丧心病狂地拿到了资格证。再后来，私教说起健身房正在招聘肚皮舞教练，Jackie在面试中一战成名。

操房外，我听他大声吼着：“咱跳这个，不仅是跳舞，也是讲述人生的态度，所以要尽心、尽情、尽力，知道不？”前排有个很活泼的肥妹学员问：“那老师你在讲述啥态度？”Jackie当时正做着Hip

Sway（大摆胯）而无法回头，于是扯着嗓子吼：“我在讲述尿性爷们儿的人生也可以贼细腻，贼丰富！”

No.3 北京林月如

主角：翁小妹

A角：大望路新手HR

B角：Cosplayer

我不确定是否每个人都知道Cosplay是什么，反正我爹我娘我奶奶以及公司打印室的洪大叔是不知道的，甚至有位美国哥们儿问我Cos是不是Because的缩写。

其实只要稍微喜爱漫画或游戏的同学就不会不了解，它的意思是角色扮演。我的Cosplay史是从初中开始的，尽管说出来实在没什么荣誉感，但在《仙剑奇侠传》里，那条巨蟒的确也是重要角色。当年表演的时候，翁小妹站在我后面，共同像舞狮般驾驭着头上的“蛇皮”。

年少的回忆总令人感动而怅然，只因岁月是个无情的刽子手，杀死了无数的梦幻和爱好。当年我们Cosplay团队的成员，转眼都过了而立之年，对扮演李逍遥什么的早已无感。有时间的话，宁可在阳光下泡杯茶打打斗地主。只有翁小妹至今还继续当着动漫发烧友，不离不弃。到了这个岁数，还在坚持着什么的话，一定是真爱了。

白天，她穿着笔挺的A字裙在大望路旁的玻璃楼里正襟危坐，乖乖地做着家人介绍的HR工作，梳着高高的发髻，说话不带情绪，像所有的职业人一样。不健身的晚上，她则会准时出现在她和朋友开创的秋叶Cos社为下一场秀做准备。社团是翁小妹和四个朋友共同的心血，他们来自各行各业，出生年代各不相同，但都真心热爱角色扮演。翁小妹是元老，又因工作较稳定，会负担更多的责任。

很多人说Cosplay就是换套衣服摆摆动作，但要扮演一个角色，事前要花的功夫其实特别多——场景道具、灯光照明、表演安排，每项都费事费工马虎不得。但最麻烦又最花钱的，还得算服装。

翁小妹们不喜欢从网上直接买服装出角色，因为那样的快餐模式商业味太重，所以即便自己设计版型、缝制服装要花费大量的时间和精力，但他们仍更偏爱亲力亲为的感觉，据说这样的过程能帮助扮演者建立跟角色的联系感。

翁小妹从小爱涂涂画画，也算有些美术功底，加上成员里有学雕塑出身的美院生，做出来的衣服十分别致新颖。虽然是自己动手，却并不意味着成本很低。随便一套衣服就能上千，精致些的更是数万打不住——“越好看的越烧钱，Cos有风险，入行需谨慎！”翁小妹常常这样告诫想加入的朋友们。

除了服装，另一个巨大的子项是人物调查和台本设计。由于一般的Cosplay都没对话，所以根据角色的性格策划动作和面部表情就显得尤为重要。

例如出演赵灵儿，除了青花色的肚兜装，Cosplayer还得在舞台上把她天真沉静的性格给表演出来。为完善效果，每次排演至少占掉一整天，可只要能让人物更丰富立体，她们就会特开心。

但长久沉浸在对人物的揣测中，有时难免玄幻又穿越地在现实中演绎角色。曾经有个团员在扮演董鄂皇贵妃的那段时间，平常不自觉地会翘起兰花指，一起座手自动就抬起来了，似乎等待别人来搀扶，就差没号称“本宫”了。

秋叶Cos社已参加过几十场演出，在圈内也有了一点点名气。她们的王牌作品是翁小妹所扮演的林月如，因为翁小妹能把她刁蛮傲娇又内心纯良的神气表演得活灵活现，比安以轩更入木三分。

“你知道吗？初中的时候，其实我最想演的就是林月如了，她是我最喜欢的游戏人物，可那时他们却让我演巨蟒，害得我不得不和你缩在蛇皮里……”

说起我们的同台表演，她竟依然遗憾了一脸血。我讷讷地想，难道跟我演对手戏有这么丢脸吗？